中公文庫

ゆら心霊相談所

消えた恩師とさまよう影

九条菜月

中央公論新社

目次

主な登場人物

秋都尊（あきつ・みこと）　月岡高校の一年生。霊が見えることで悩んでいる。

由良蒼一郎（ゆら・そういちろう）「ゆら心霊相談所」を営む。娘と二人暮らし。

由良珠子（ゆら・たまこ）　蒼一郎の一人娘。七歳。

椿菖蒲（つばき・あやめ）　蒼一郎の義妹。県警の刑事。

樋口達也（ひぐち・たつや）　県警の刑事。菖蒲の後輩であり、相棒。

木楯千種（きだて・ちぐさ）　蒼一郎の幼なじみ。由良家の近所で骨董屋を営む。

ゆら心霊相談所　消えた恩師とさまよう影

第一話　消えた恩師とさまよう影

満員電車の出入り口付近に立っていたのが悪かったのか。

背中の通学鞄《かばん》越しに衝撃があったかと思うと、気付けば降りる予定のないホームに押し出されていた。

「うわっ！」

たたらを踏み、慌てて振り返る——わずか数センチ先で、無慈悲にも電車のドアが閉められた。待って、という言葉さえ発車音に遮《さえぎ》られ、伸ばしかけた腕も虚《むな》しく車両はあっという間に遠ざかっていく。

「……やっちゃったよ」

秋都尊《あきつみこと》は茫然と呟《つぶや》いた。電車は朝の時間帯ならば三十分毎《ごと》にあるが、次を待っていては学校に間に合わない。これがホームルームに間に合う最後の列車だった。通学鞄に入った教科書が急に重く感じられ、「あー」と呟きながら尊はプラットホームにしゃがみ込んだ。

尊以外にこの駅で下車した人影はなく、電車を見送った駅員が一人、ホームの端に立っているだけだった。こちらに気付いてはいるだろうが、声をかけるわけでもなく忙《せわ》しない足取りで駅舎に戻っていく。

いつまでも凹《へこ》んでいるわけにはいかない。ズボンのポケットに入れていたスマートフォンを取り出して、登録しておいた学校の名前を選んでタップする。高校入学と同時に買ってもらったスマートフォンは、最近になってようやく自在に使いこなせるようになったばかりだ。数回のコール音のあとで、『はい。月岡《つきおか》高校、事務室です』と、女性の声が聞こえた。

「おはようございます。一年一組の秋都ですが、須藤《すどう》先生はいらっしゃいますか？」

『ええと……ごめんなさい、先生はちょっと席を外《はず》してるみたい。折り返し電話するように伝えましょうか？』

「じゃあ、伝言をお願いします」

授業に遅れます、と言おうとして尊は言葉に詰まった。わずかな逡巡のあと罪悪感を覚えつつ、「電車に乗ったところで具合が悪くなっちゃって。学校に行けそうもないから、欠席するって伝えてください」と告げる。

通話を切って、尊は溜息をついた。

――サボっちゃった。

そのままの格好で駅の屋根越しに晴れ渡った空を見上げていると、ホームにやってきた二人組の会社員に胡乱《うろん》な眼差《まなざ》しを向けられた――気がした。嘘をついて学校をサボってしまった罪悪感から、そう思えてしまうのだろう。

さっさと反対側のホームに移動しよう。立ち上がって、何気なく線路に目を落とした。

「げ」

思わず声が漏れてしまった。線路に絡みつく長い髪の毛。たっぷり一人分はあろうかというそれは、うぞうぞと蠢《うごめ》いているせいで、そういう生き物のように見えてしまう。電車を待っている会社員らも、そのあとからやってきた親子も、線路の不気味な光景に気付く素振りはない。見えていたら、きっと阿鼻叫喚《あびきょうかん》の事態になっていただろう。

尊は改札口に足を向けた。できるだけホームにいる時間が短く済むように、電車の発着時間を確認する。それまで駅の近くで時間を潰そう。あんなものがいる駅構内で待っているよりは、何倍もマシだ。それに万が一、あれに触れてしまったら取り返しのつかないことが起きてしまう――そこまで考え、尊は身震いする。

急ぎ足で改札口を通り抜け辿《たど》り着《つ》いた駅前は、朝だというのに驚くほど閑散としていた。通勤ラッシュはさっきの電車が最後のようだ。

「コンビニもないのかよ……」

はじめて降りた駅は、住宅地の真っ只中《まっただなか》という立地にもかかわらず、普段どこでも目にするコンビニがない。そこなら誰の目も気にせず時間を潰せると思ったのに。どうしたものかと視線をさ迷わせれば、ちょうど掲示板の窓ガラスに映った自分と目が合った。

色素の薄い髪が、梅雨《つゆ》を前に早くも湿気を感じてぴょんとはねている。どれだけ整髪料を消費しようとも、母親譲りの癖っ毛は頑《かたくな》だ。半袖の白いワイシャツにベージュのベスト、黒のズボン。可愛らしいと評判の女子の制服とは違って、あまり特色はない。垂れ気味の目の下には、うっすらと隈《くま》が浮かんでいた。月曜だというのに、ずいぶんと辛気《しんき》臭い顔だ。

一週間前まではこうではなかった。勉強漬けの日々を送って、ようやく手に入れた高校生活。クラスにも馴染み、仲のいい友達もできつつあって、毎日が楽しかった。それなのに……。

溜息をついて、尊は歩き出した。最近、溜息をつく回数が多くなっている気がする。溜息をつくと幸福が逃げていくというが、幾らそれを堪《こら》えたところで、去っていった幸せが戻ってくるとは思えなかった。

次の電車が来るまで、あと二十分。普通ならあっという間に過ぎていくのに、こういう時に限って時計の針はなかなか進んでくれない。

——せっかくだから、駅の周辺をぐるっと回ってみようかな。

コンビニがあるかもしれないし。右も左もわからない場所ということもあり、ちょっとだけ探検をしているようだ。学校をサボってしまった後ろめたさを胸の奥底に押し込めて、尊は歩き出した。


「やばい」

呟いて、頭を抱える。ここはどこだ。駅の前の通りを真っ直ぐ進んで、突き当たりを右に曲がったところまでは覚えている。犬の散歩をしている老人とすれ違ったところで、進行方向に交番があることに気付いた。何気なく通り過ぎればよかったのだが、脳裏に〝補導〟の二文字が浮かび、とっさに車が通れないほど狭い路地に方向転換した。それがまずかったのだろう。

複雑に入り組んでいる住宅地の路地が、尊の方向感覚を奪うまでにそれほど時間はかからなかった。周りを確認せず適当に歩いていたことも仇《あだ》となり、気付けば立派な迷子と化していた。電車の時間はすでに過ぎ去っている。

「なんでこんな時に充電が切れるんだよ……」

頼みの綱である文明の利器は、まさかの充電切れという結末を迎えた。うんともすんとも言わなくなってしまったスマートフォンを片手に、尊は途方に暮れる。充電しておかなかった自分が悪いのだが。

こうなったら、近所の人に訊くしかない。見知らぬ相手に話しかけるには勇気がいるが、駅に向かわなければ家に帰れないのだ。立ち止まって、辺りをぐるりと見回した時だった。

電柱から生えるように、それはいた。

手だ。

肘《ひじ》から先の部分が、力なく垂れ下がっている。動く様子はないが、近付いたらいきなり摑んできそうな怖さがある。知らない場所は〝これ〟があることを忘れていた。自宅から学校、もしくはその周辺の絶対に近付いてはいけないスポットを避けているおかげで、最近はあまりそういったものを見ずに済んでいたのに。

物心がつく頃には、そういったもの――いわゆる霊というものだ――が尊には見えていた。それが自分にしか見えないことに気付いたのは、小学校に入った辺りだ。マンションの入り口に立っている首のない女があまりにも怖ろしくて、尊は両親にあれをどっかにやってほしいと泣きながら訴えた。

困惑した父と母の顔は、今でも鮮明に覚えている。救いがあったとすれば、両親が尊の言葉を信じてくれたことだ。「尊は他の人には見えないものが見えるんだな」と言った父は、わざわざ別のマンションに引っ越してくれた。

「誰にも言っては駄目よ」と真剣な口調で言ったのは、母だった。見えるものを見えないと嘘をつくことになってしまうけれど、尊のためなのだ、と。

子供心に不満だったが、今なら両親の気持ちが痛いほどよくわかる。見えるものを正直に見えると言い続けていたら、尊はおかしな子というレッテルを貼られていただろう。いや、それだけで済めば御《おん》の字だ。場合によってはイジメに発展していた可能性だってある。現に今だって……。

——とりあえず、元来た道を戻ろう。

住宅地なのだから、きっと庭先で花壇の手入れをしている人や、散歩中の人が一人くらいはいるはずだ。害があるかどうかという以前に、電柱から生えた手の脇を通る勇気は持ち合わせていなかった。

踵《きびす》を返そうとした瞬間、背後から尊の手を誰かがぎゅっと握った。心臓が止まるかと思った。少なくとも、一瞬で全身から血の気が引いた。反射的に振り向いた先にいたのは、小学校に入るか入らないかくらいの子供だった。

「へ？」

五分袖のポロシャツに赤いチェックのプリーツスカートを穿《は》いた少女は、真ん丸な瞳で尊を見上げていた。ボブカットに切り揃えられた髪の右側は、盛大な寝癖がそのままになっている。服を着せた時に直してやれよ、と心臓をバクバクさせつつ、見ず知らずの子供の母親に心中で文句を言った。

「あーっと、どうした？　迷子か？」

小学生なら学校に行っている時刻だよな、と思いつつ、尊は上体を屈《かが》めて少女に話しかける。しかし、返答はない。代わりとばかりに、少女は尊の手を引っ張って歩き出した。

「せめて、どこに行くか教えてほしいんだけど……」

小さい子供が相手なだけに、どう対応すればいいものか判断に迷う。なにより少女の横顔は妙に必死で、制止するのも躊躇《ためら》われた。

思いの外《ほか》、強い力に引っ張られて向かった先は、歴史を感じさせる古民家が建ち並ぶ通りだった。立派な塀に囲まれた家屋があったかと思えば、出格子《でごうし》が独自の風格を漂わせる酒屋、店頭にずらりと値の張りそうな品物が並べられた骨董品屋《こっとうひんや》などが軒《のき》を連ねている。普通の住宅地からは連想もできない光景に、尊は思わず息を呑《の》んだ。

少女が立ち止まったのは、こぢんまりとした古民家の前だった。それでも老舗《しにせ》旅館のような品のある佇《たたず》まいである。ここが少女の自宅なのだろうか。勝手に入ったら怒られるんじゃあ、と思っている間に、施錠されていなかった引き戸を開け、少女は躊躇《ちゅうちょ》なく敷居をまたぐ。手を繋《つな》いでいた尊も引っ張られるがままに、玄関を潜《くぐ》ってしまった。

「お、お邪魔します」

怒られないかな、でも、この子は目的があって俺を連れてきたみたいだし、と混乱する頭で考える。少女はさっさと靴を脱いで、尊にも脱ぐように目で訴える。しかたなく靴を脱げば、待ってましたとばかりに繋いでいた手を引かれた。

家の中も風情のある造りとなっていたが、尊がなにより気になったのは至る所に積もった埃《ほこり》だ。人が通るところはさすがに掃除されているようだが、棚の上や廊下の隅、障子の桟《さん》など、一目で気付く程度には埃が溜まっている。心なしか空気まで埃っぽい。潔癖症の人間だったら、間違いなく逃げ出すような場所だ。

どうやら、少女の目的は台所にあるらしい。暖簾《のれん》がかけられた奥の部屋には、食器棚と流し台が見える。そのまま台所に足を踏み入れた尊は言葉を失った。

血まみれの男性が倒れていたのだ。

「救急車！　一一〇番！　違う！」

もはや自分がなにを言っているのかわからない。尊は必死に頭を巡らせた。固定電話を探すより近所の人に助けを求めた方が早いかもしれない。いや、その前にまず男性の安否を確認する方が先決だ。

着ているのが白絣《しろがすり》の着物なこともあって、飛び散った血は凄惨な殺人現場のようだ。脳裏を〝強盗〟という不吉な二文字が過《よぎ》る。

「大丈夫ですか！」

「……うっ、ううっ」

苦しげな呻《うめ》き声。よかった、息がある。尊は胸を撫《な》で下《お》ろした。

「今、止血を」

「腰……」

「腰？　腰を怪我して──ん？」

不意に、覚えのある匂いが鼻腔《びこう》をついた。トマトケチャップの匂いである。着物を染める赤は、血にしては鮮やかで少しも鉄臭さがない。じょじょに冷静になった頭で周囲を見回せば、男性の足下《あしもと》にはトマトケチャップの容器が転がっていた。その真ん中が、踏んづけられたかのように不自然に凹んでいる。もちろんキャップも開いたまま。

「もしかして……転んで、腰を打っただけ？」

「ぐうっ」

返事の代わりに響いたのは、男性の声にならない呻きだった。

「悪かったな」と、ぶっきらぼうに謝罪する男性は、由良蒼一郎《ゆらそういちろう》と名乗った。

やはり尊の予想通り、蒼一郎は料理の最中に落としたトマトケチャップの容器を踏んづけてしまい、驚いた拍子に転んで腰を打ってしまったようだ。あまりの痛みに動けなかったものの、自分なりになんとかしようと藻掻《もが》いた結果、よりトマトケチャップまみれになったというわけだ。

それを見て、行動を起こしたのは蒼一郎の娘、珠子《たまこ》だった。彼女は幼いながらに助けを求めるべく外に出た。そして、たまたま歩いていた尊を見つけたというわけである。

救急車を呼ぶほどではないと本人が言うため、尊は蒼一郎の痛みが落ち着くのを待ってケチャップまみれの着物を剝《は》ぎ取《と》った。本人はそのまま風呂場に直行である。なにしろ頭の天辺《てっぺん》から足の爪先まで真っ赤に染まっていたのだから。

着物は水につけ、軽く手揉《ても》みした。生地が真っ白なぶん染みになってしまったかもしれないが、そこは自業自得と諦めてもらうしかない。もしくはクリーニング屋の最先端技術に期待するかである。

殺人現場さながらの台所を珠子と二人で水拭《みずぶ》きして、風呂から戻ってきた蒼一郎――今度は紺色の着物だった。着物が普段着なのかもしれない――のためにビニール袋に氷を詰めて簡単な氷嚢《ひょうのう》を作った。それを和室で畳《たたみ》に俯《うつぶ》せになった蒼一郎の腰に載せる。残念なことに湿布の買い置きはないそうだ。

落ち着いたところで、尊は蒼一郎を観察した。年齢は三十代半ば。三十五、六といったあたりか。身長もあるし、運動をしているのか着物の上からでもわかるくらい体つきもいい。しかし、うっすらと残る無精髭《ぶしょうひげ》、鳥の巣のようなぼさぼさ頭、気怠《けだる》げな雰囲気が全体的な印象を残念なものに仕立て上げていた。街中でふらふらしていたら、まず間違いなく警察官から職務質問を受けるだろう。

それと、先ほどは気が動転していて気付かなかったが、首には真新しい包帯が巻いてあった。怪我でもしているのだろうか。

「あれを作ろうとしてたんだよ」

「あれ？」

「卵を使った、朝食によくでるやつ」

「スクランブルエッグ？」

「違う。ぐしゃぐしゃのやつじゃねぇよ。楕円形のだ」

確かにスクランブルエッグは、ぐしゃぐしゃのやつかもしれないが、と尊は内心で苦笑する。目玉焼きは楕円形ではないので、答えは一つだ。

「オムレツですか」

「それだ」

そういえば、テーブルに置いてあった皿に黒焦げの塊《かたまり》が載っていた気がする。まさかあれじゃないよな、と尊は嫌な予感に体を震わせた。

「珠子、悪い。朝食が昼食になりそうだ」

大丈夫、と言うように珠子が首を横に振った。とはいえ、子供が朝食抜きは厳しい。ふと通学鞄に市販のチョコ菓子を入れておいたことを思い出した尊は、袋を取り出して封を開ける。

「俺の非常食。ちょっとは腹の足しになるだろ？」

手渡せば父親と尊を交互に見たあと、おずおずとそれを口に運ぶ。むぐむぐと小さな口を動かす様子は、ハムスターのようで可愛らしい。

しかし、大人しい子だ。尊には兄弟はいないが、小学生になったばかりの従兄弟《いとこ》たちと比べればその差は一目瞭然である。あいつらは子供の形をした破壊魔だ。一ヶ所でじっとしていることなんて、就寝時以外にないのではないだろうか。お菓子なんて見せた日には、獲物を狙う猛禽類《もうきんるい》のように我先にと群がってくる。

「お、悪いな。悪いついでに、おじさんにもくれ」

「……どうぞ」

もうこれは由良家に献上してしまおう、と袋ごと蒼一郎の前に置いた。

「ありがとよ。あ、座布団なら押し入れにあるから、勝手に取ってくれ。できれば茶も淹れてくれると、なおありがたい」

「お茶が飲みたいなら準備しますけど、すぐ帰るんで気にしないでください」

「帰るのか？」

「え、帰りますよ」

蒼一郎の怪我は歩けないというほどでもないし、ここに長居する意味はない。しかし、俯せに寝転んでいる蒼一郎は訝《いぶか》しげに尊を見上げてくる。

「客じゃねぇの？」

「ここってお店なんですか？」

しかし、見たところ普通の民家である。なにかを売っているようには思えない。首を捻《ひね》っていると、「なんだ客じゃねぇのかよ」と、ぶつぶつ呟きながら、蒼一郎は面倒臭そうに、「相談所だ」と答えた。

「法律相談所とか？」

相談所といえば、あとは結婚相談所か児童相談所くらいしか思い浮かばない。まさか変な宗教の勧誘をしてるんじゃないだろうな、と尊は疑いの眼差しを蒼一郎に向けた。

「ここが法律相談所に見えるんなら、眼科に行った方がいいぞ」

「思いついた言葉を口にしてみただけです」

むっとして、尊は寝転がっている蒼一郎を睨《にら》みつけた。結婚相談所でも、児童相談所でもなさそうだし、あとはなんだ、と首を捻る。そもそも玄関には看板さえ掲げられていなかった。これで当てろというのは、どう考えても無茶振りだ。

「……わかりません。それと、そろそろ帰りますね」

「まあ、待て。正解は、あー、大雑把《おおざっぱ》に言うと、お悩み相談所だ。幅広いお悩みの相談を扱っている」

「そのまんまじゃないですか」

「お前には世話になったから、タダでいいぞ。ちょうど暇してたんだ」

「なんですか、暇って。それに別に相談することなんて……」

学校で頭を悩ませている出来事が過り、尊は一瞬、言葉を詰まらせた。でも、この人に話したところでどうなるものでもないし、と心中で否定する。相談するなら、まず担任教師や友達、または家族にすべきだ。

「悩みがあるんだろ」

「えっ」

どうしてそれを、と尊は思わず訊き返した。蒼一郎は腰の位置を気にしつつ、なんでもないことのように答える。

「見たところ高校生だろ。学生は学校にいる時間だ。授業をボイコットするようにも見えねぇし、学校に行きたくないわけでもあるんだろうと、当たりをつけてみただけだ。違うか？」

「それは……」

開きかけた唇を、尊は開けることなく逆に真一文字に引き結んだ。初対面の相手に言えるわけがない。同情されて、当《あ》たり障《さわ》りのない言葉をかけられて終わるはずだ。惨《みじ》めな気持ちにさせられるくらいなら、なにも話さない方がいい。なにより、こんな得体の知れない相手に相談する気にはなれなかった。

「……帰ります」

「あ？」

「次に料理をする時には、気をつけてくださいね」

それだけ言い捨てると、尊は立ち上がった。蒼一郎も反射的に立ち上がろうとしたようだが、すぐ腰の痛みに悶絶《もんぜつ》し畳にひっくり返っていた。

「お邪魔しました」

飛び出すように門を出て、尊は自分が道に迷っていたことに気付いた。失敗した。せめて駅への道順を訊いてから出ればよかった。しかし、今から戻るのも格好悪い。溜息をついて周りを見回すと、ちょうど斜め向かいの酒屋からエプロンをした店員と思《おぼ》しき中年の女性が出てくるところだった。

「あの、すみません」

「なにかしら？　ここは酒屋だから、未成年は入っちゃ駄目よ。それにあなた、学生さんよね。学校はどうしたの？」

「降りる駅を間違えて次の電車まで暇を潰してたら、道に迷っちゃったんです。駅にはどう行けばいいんですか？」

あら、おばちゃん勘違いしちゃったわ、と朗らかな笑い声があがる。駅までの道程は意外と単純で、どうやら自分は円を描くように歩いて、いつの間にか反対方向まで移動していたことがわかった。

「そういえば、あそこの家なんですけど……」

「由良さんがどうかしたの？」

「相談所をしてるって聞いて。どんなことをしてるんですか？」

「さあ？　私も詳しくは知らないけど。近所の人は何度か相談に行ったみたいよ。蒼一郎君は弁護士さんだったから、そっちの方面では頼りになるみたいでねぇ」

「弁護士？」

店員から出てきた言葉が信じられず、尊は思わずオウム返しに聞き返してしまった。少し会話しただけだが、蒼一郎の印象と弁護士という職業がいまいち合致しない。

「ええ。高校生の頃まではここで暮らしていたのよ。大学生になってからは全然帰って来なくなっちゃったけど。だから今年のはじめに引っ越してきた時は、私も久し振りすぎて誰だかわからなかったわ」

「引っ越してきたばかりなんですか」

「そうなのよ。実は奥さんが……」

そこまで喋《しゃべ》ったところで、店員は慌てて口を閉じた。さすがに他人の事情をぺらぺらと喋り過ぎたと気付いたのだろう。

「ごめんなさいねぇ。おばちゃん、お喋り好きで。ええと、それで相談所の話だったかしら？」

「はい」

「さっきも言ったように、私も詳しくはわからないの。でも、蒼一郎君はちょっと変わってるけど、とってもいい子だから。悩みがあったら気軽に相談するといいわよ。学生さんなら安くしてくれると思うわ」

「……わかりました。色々と教えてくださって、ありがとうございます」

頭を下げて、尊は駅に向かって歩き出した。

どうやら、怪しい宗教の勧誘ではなかったらしい。ちょっとだけ相談に乗ってもらえばよかったかな、と後悔の念が胸を過る。しかし、あちらからの申し出を断って出てきてしまった手前、戻り辛いものがあった。

「……帰ろう」

わずかに芽生えた期待を、尊は強引に胸から追い出したのだった。

尊の自宅は新興住宅地の一角にあった。築十年の一軒家で、駅からはやや遠いものの徒歩圏内にスーパーや薬局、コンビニが揃っているため、生活面で不便を感じたことは一度もない。唯一の難点は、近所の音大生が休日になるとベースギターを掻き鳴らし、早朝の静寂を突き破ってくれることくらいだ。

スマートフォンを充電してみると、担任と母親からそれぞれ着信とメールが入っていた。どちらも病状を心配する内容である。母親にかんしては、気分がそれほど悪くないなら洗濯をしておいて、と追記されてある。

よし、体調が悪くてふらふらだったことにしよう。眠っていて充電が切れていたことに気付かなかった、今はだいぶよくなった、ということを簡単にまとめてそれぞれに送信する。

それに気付いたのは、弁当を取ろうと鞄を開けた時だった。

「うさぎのぬいぐるみ？」

掌《てのひら》サイズの手作り感溢《あふ》れるぬいぐるみに、尊は首を傾《かし》げた。もちろん自分のものでもないし、朝、教科書や弁当を詰めた際にはなかったものだ。とすると、考えられることは一つ。

「あの子が入れたのかな？」

珠子、と呼ばれていた少女の顔が脳裏を過る。いったいいつの間に、と思いながら尊はうさぎのぬいぐるみを眺めた。もしかして、チョコレートのお返しにくれたのだろうか。

「でも、大事なものだったら大変だよな」

どういった意図でぬいぐるみを尊の鞄に入れたのかは不明だが、大切なものであれば返した方がいいだろう。ただ、そうなるともう一度、あの家に行かなくてはいけない。とはいえ、ぬいぐるみを返すだけだ。郵便受けにでも放り込んでおけばなんとかなるか……。

ぬいぐるみを机に置いて、尊はベッドに寝転がった。天井を見上げながら、ぼんやりと由良親子のことを考える。あの時は気付かなかったが、もしかしたら珠子には母親がいないのかもしれない。掃除している際に見た台所は調味料の類《たぐい》は一つもなく、普段から料理しているようには見えなかった。引っ越してきたばかりにしても、もう少し生活感があっていいだろう。

亡くなったのか、それとも離婚したのか。和室には仏壇がなかったので、判断することは難しい。もっとも、夫婦揃って料理下手で、母親は働きに出ている可能性だってある。

気になるのは、珠子だ。年齢は聞かなかったが、小学生でないにしても幼稚園や保育園に通うものではないのだろうか。

脳裏に浮かんだのは、〝登校拒否〟の四文字だった。珠子は同年代の子供と比べ、驚くほどに大人しい。普通なら退屈だろうに、蒼一郎と尊が話している間も、畳に正座して口一つ挟まなかった。従兄弟たちの傍若無人振りを知っているだけに、違和感は強い。

「……喋れないのかな」

珠子が言葉を発していた記憶はない。すべて行動で示していた気がする。だが、人見知りせずに懐《なつ》いてくる珠子は可愛かった。ああいう子が妹だったら、絶対に猫可愛がりしてしまう自信がある。

寝返りを打つと、机に載せられた通学鞄が見えた。条件反射のように眉間《みけん》に皺《しわ》が寄って、癖になっている溜息が漏れた。今日一日休んでしまったので、さすがに明日は登校しなければならない。

「いやいや。相談したところで、どうにもならないって」

ぽつりと呟いて、自嘲するように笑みを浮かべる。

——学校でイジメに遭ってるだなんて。

会ったばかりの人にどう相談すればいいんだよ、と尊は心中でそっと呟いたのだった。


霊というものは、尊にとって不気味な人形のようなものだった。

人間ではないことは、幼心《おさなごころ》にもなんとなくわかっていた。なぜ、そんなものが存在するのか、と疑問に思ったことはない。人形が置いてあることに疑問を持つ者は少ないだろう。ただ、なぜそれをみんなが自分と同じように見えないのかが疑問だった。

背の高い人間と、低い人間がいる。

手先が器用な者と、不器用な者がいる。

運動神経のいい人間と、悪い人間がいる。

同じ食べ物なのに、好きだという者もいれば嫌いだという者もいる。

だから、幽霊が見える者と見えない者がいても不思議はないのかもしれない。

しかし、見える者が見えない者よりも圧倒的に少ない上に、〝見える〟ということを立証する手立てがないことが問題だった。心霊写真や画像は合成で、心霊体験は精神的に不安定な状況が見せた幻であると、たいていのことは科学的、または医学的観点から理由付けされてしまうからだ。

見えると主張して、それが受け入れられればいい。分別のある大人だったら、そういう人もいるだろうと、見えること自体を否定はしないかもしれない。けれど、子供は違う。すごい、と持《も》て囃《はや》されるか、嘘つき、と批難されるかだ。時と場合によるかもしれないが、尊の置かれた状況は後者だった。

とある出来事をきっかけに、当時小学生だった尊は二度と「霊が見える」ことを誰かに話すまいと心に誓った。そのお陰で、小学校、中学校と何事もなく平穏無事に過ごしてこられたというのに。いったいどこのどいつが、「霊が見える」だなんて、人が秘密にしておきたいことを言い触らしてくれたのか。

「――いい加減、登校拒否になればいいのに。お化けが怖いんですーって言ってさ！」

またはじまった。

全身から血の気が引いて、反射的に背中が丸まってしまう。ここで言い返せたらまた違ったのかもしれないが、尊にそんな勇気はない。これ見よがしに浴びせられる悪口はできるだけ聞き流し、すれ違いざまに肩や腕をぶつけてきた時は痛みを堪え、どんな時もできるだけ一人にならないように気をつける。同じ教室にいるだけで呼吸するのも苦しいくらいだが、人目のあるところではこれ以上の行動は起こさないとわかっているので、逃げ場を求めて校内をさ迷う気にはなれなかった。

放課後のホームルームも終わり、尊が早々に教室を出ようとしていた時だった。それに気付いた問題のクラスメイトたちが、いつものように尊を揶揄《やゆ》する。荷物を持つ手に力を込め聞こえなかった振りをすれば、さらに「負け犬が尻尾《しっぽ》を巻いて逃げるぞ」と、大きな声で続ける。

どっと笑い声があがって、尊は唇を嚙《か》み締《し》めた。騒いでいるのは件《くだん》の生徒たちだけだが、周りでも何人か同調する素振りを見せる者がいる。この調子でイジメがますますエスカレートしてしまったら――。

不意に、生徒たちの笑い声が止《や》んだ。どうしたのかと顔を上げれば、担任教師の須藤耀《よう》次《じ》が教壇側のドアから顔を覗《のぞ》かせていた。

「ああ、秋都。ちょっと話があるから、進路指導室に来てくれないか？」

教師陣の中でも一番の若手である須藤は、芸能人のように整った容姿をしているにもかかわらず、それを鼻にかけない気さくな性格から生徒たちの人気を集めていた。同じ高校に通う中学時代の友人たちからも、担任が須藤先生なんて羨《うらや》ましいと嫉《ねた》まれたほどである。「はい」と頷《うなず》きながら、尊は内心で須藤の対応を恨んだ。せめてイジメを行っている者たちのいない場所で声をかけてほしかった。これでは、堂々とイジメについて話し合いますと公言しているようなものではないか。

背後を一瞥《いちべつ》すると、案の定、こちらを親の敵《かたき》でも見るかのように睨んでいた。その中心的存在でもある男子生徒、瀬川東悟《せがわとうご》がいきなり近付いてきて、尊の肩を摑む。

「余計なことを言うんじゃねーぞ」

言われたくないようなことをするなよ、と言い返したかったが、尊は唇を噛んで俯《うつむ》いた。なにも言えずにいると、馬鹿にしたように鼻先で笑われる。さすがに担任の目があるため、瀬川はそれだけを言うと友人の輪に戻っていった。

そういえば、瀬川も須藤のことを慕っている生徒の一人だ。ぼんやりとそんなことを考えながら、通学鞄を手に須藤の元に駆け寄った。

「先生もすぐに行くから、先に行っててくれ」

「……わかりました」

廊下に出た尊は、別棟の二階にある進路指導室に向かってのろのろと歩き出した。進路指導室は教室がある棟とは渡り廊下で結ばれている。職員室や校長室の他に、図書室や音楽室、美術室などの特別教室も置かれていた。

鍵が掛かっていたので進路指導室の前で待っていると、十五分ほどして須藤が姿を現した。

「遅くなってごめんな。途中で、生徒に捕まってさ」

「大丈夫です」

はじめて入る進路指導室は、十畳ほどの広さがあって、左右の壁に様々な資料がしまわれた本棚が並んでいた。そして、部屋の中央に長机と二脚のパイプ椅子が置いてある。窓越しに見える校庭では、中央を区切ってサッカー部と野球部がそれぞれの練習に励んでいた。

「話ってなんですか?」

「ああ、うん……とりあえず、座ってからにしよう」

尊は荷物を床に置いて、パイプ椅子に座った。長机を挟んで対面に座った須藤は、「あれからどうかな?」とこちらを窺《うかが》うように訊ねてくる。前回と違い、ここは正直に言っておくべきだろう。「余計なことを言うんじゃねーぞ」という瀬川の脅しは、怖いけれど無視する。担任教師に相談する以外に、現状を打開する手立てがあるとは思えない。

「……前より酷《ひど》くなってる気がします」

「具体的に、どんなことをされてるんだ?」

「俺に、というかクラス中に聞こえるように悪口を言ったり、わざと肩をぶつけてきたりされてます。あと、先週の金曜日には教科書をゴミ箱に捨てられました。問い詰めたら、ゴミが落ちてたから捨てただけだって言われて……」

説明しながら、尊は心中で溜息をついた。今はまだ瀬川を中心とした男子数名のグループのみがイジメに加わっていて、それ以外のクラスメイトたちは遠巻きにしているといった具合だが、先ほどのように同調する者も増えはじめている。

一方、瀬川たちの行為に眉を顰《ひそ》めている者もいるが、注意する素振りはない。下手にかかわって自分が次のターゲットにされるかもしれないと思えば、誰だって二の足を踏む。尊自身、逆の立場だったら同じように傍観していたかもしれない。きっと先生がなんとかしてくれると、他人に丸投げして。

「そうか。先生も一応、声を掛けてはいたんだけどな」

「注意してくれたんですか？」

「ああ。瀬川たちも言い過ぎたと反省してたんだ」

そんなわけないだろ、と尊は心中で毒突いた。教師の手前、反省した振りをしただけに決まっている。先週に引き続き、火曜日の今日も瀬川たちの尊に対する態度は変わらなかった。まだ直接、危害を加えられることはないが、行為がエスカレートしていけばどうなるかわからない。

なにより、さっきはあんなに大声で尊をからかっていたのだ。須藤だって廊下にいたのだから聞こえていただろう。

「本当は気のいい奴らなんだぞ。今はたぶん、お互いに誤解があるんじゃないか？」

「……俺が悪いって言うんですか？」

「そうじゃない。ただ、先生はどうしても瀬川たちがイジメをするようには思えなくてな。むろん、ちゃんと強めに注意しておく。あいつらもさすがに態度を改めるだろ。でも、秋都も少し自分の態度を見直してみないか？」

尊は唇を噛んだ。結局お前にも悪い部分があると言われているようなものだ。

たった一週間だが、はじめて面と向かってぶつけられた剝《む》き出《だ》しの悪意は、今までにないほど尊の神経をすり減らした。辛かった。日に日にクラスで孤立していくようで、怖くて堪《たま》らなかった。親身になって接してくれとは言わない。ただ、少しだけでいい。尊が受けている〝痛み〟を理解してほしかった。

校内放送で須藤を呼ぶアナウンスが響いた。「帰ります」と断って、尊は有無を言わさず進路指導室を出る。

なにかに突き動かされるように走って、走って。

零《こぼ》れそうになる涙を必死に堪えて。

尊は気付けば、見覚えのある古民家の前に立っていた。

玄関のチャイムを鳴らすと、中から「開いてるぞ」と声が響く。戸を開ければ、玄関先にやって来た蒼一郎が、まるで尊の訪問を知っていたかのような態度で、「よう。来ると思ったぜ」と意地の悪そうな笑みを浮かべたのだった。

冷静になった尊は、案内された和室で正座しながら深く反省した。誰かに助けてほしくて、突き動かされるようにここに来てしまったが、早くも後悔の嵐に苛《さいな》まれている。昨日と同じように着物姿の蒼一郎は、やはり首に真っ白な包帯を巻いていた。

まだ腰が痛むのか歩き方もぎこちなく、時折、痛みを堪えるような呻き声が漏れる。

「あの……腰は大丈夫だったんですか？」

「医者に行ったら、ただの打ち身だとよ。あの藪医者《やぶいしゃ》め、打ったとこを思いっ切り押しやがって。待ってろ。今日は特別に、俺が茶を淹れてやる」

「えっ、いいですよ。怪我してるんですから、俺がやります」

「じゃ、頼んだ」

はじめからそのつもりだったのでは、と尊は蒼一郎を胡乱《うろん》げに見た。とはいえ、怪我人相手にあれこれ言うつもりはない。台所にあったポットを和室に持ってくると、急須と茶葉を準備していた蒼一郎が、急須の蓋《ふた》を片手に訝しげに眉を寄せていた。

「どうしたんですか？」

「なんかいる」

「は？　なんかいるって……これカビですよ、カビ。どうして洗わなかったんですか！」

「これがカビか。はじめて見た」

「感心しないでください」

「ほれ、珠子。これがカビだ」

悪びれた様子もなく急須の中身を娘に見せている蒼一郎に、尊は頭痛を覚えた。そんなものを小さい子に見せてどうするんだ。

「水につけ置きしてから綺麗《きれい》に洗ってくださいね」

「痛っ、痛たたたた！　傷が痛くて、急須が洗えない！」

「……傷じゃないでしょう。打ち身なんだから」

「そういえば、腕も打ったんだ。青痣《あおあざ》になってたんだ」

「わかりましたよ。洗います。洗えばいいんでしょう――ん？」

ちょいちょい、と服の裾《すそ》を引っ張られる感触に振り向けば、珠子がペットボトルのお茶を尊に向かって差し出した。どうやら、急須が駄目になっていることを聞き、取ってきてくれたらしい。

しかし、受け取ろうとすると、なぜか首を横に振られてしまう。困惑していると、「珠子は蓋を開けてほしいんだよ」と蒼一郎が教えてくれた。言う通りにすると、珠子は急須と一緒に準備してあった湯飲みにペットボトルのお茶を注ぐ。そして、尊と蒼一郎の前にそれぞれ置いた。

「ありがとう、珠子」

小さく頷くと、珠子は尊の隣にちょこんと正座した。本当に妹ができたみたいだ。くすぐったさに顔を綻《ほころ》ばせた尊は、先ほどまでのささくれた気持ちが癒《い》やされるような気がした。ペットボトルを見ると、たとえ尊のものであろうが我先にと奪い合いをはじめる従兄弟どもとは大違いである。一方、蒼一郎は娘のできた行動に目頭を押さえ、「……さすがうちの娘だ！」と歓喜に震えている。

人心地ついたあと、どう切り出せばいいのか迷った末、尊は当たり障りのない言葉を口にした。

「昨日は、急に帰ってしまってすみませんでした」

せめて近所の人に、蒼一郎が怪我したことを教えておくべきだった。珠子も動くに動けない父親と二人きりでは、さぞ心細かっただろう。

「相談所って、どんな内容でもいいんですか？」

「近所の奴らなんかはなにを勘違いしたのか、迷子の猫の捜索まで依頼しに来るぞ。近場の興信所を勧めてやったけどな。そういや、あれを渡しておこう」

そう言って手渡されたのは、一枚の名刺だった。

「〝ゆら心霊相談所〟？」

名刺の裏には、『心霊にかんする悩みごとなど、幅広く相談を受けます。気軽にご相談ください』と書かれてある。はじめて目にする職業だ。

「心霊って……見えるんですか？」

「見えねぇよ」

あっさり否定され、尊は困惑した。蒼一郎は相変わらず気怠げな態度で、テーブルに頬杖をついている。

「見えなくても、相談に応じることはできんだろ」

「でも、それって不便じゃありません？　相談しに来た人が、本当に心霊現象に悩んでいるのかどうかわからないじゃないですか」

「問題ねぇ。見えなくてもなんとかなるもんだぜ。それに、あくまでも相談所だからな。俺が心霊現象を解決するわけじゃない」

「解決しないんですか？　え、でも、それじゃあ相談に来る意味がないんじゃ……？」

「頭が固い」

鼻先で笑われ、尊はむっとした。

「客から話を聞いて、深刻な心霊現象なら専門家を紹介するし、違うなら、場合にもよるが警察や興信所を勧めてる。一人では判断できない奴のアドバイザー的なものだな。といってても、ここ最近は近所の奴らの個人的なお悩み相談くらいしかねぇけどよ」

そう言われ、尊はもう一度、名刺に視線を落とした。もしも街中でこれを渡されたら、きっと胡散臭《うさんくさ》さにさっさとゴミ箱へ捨ててしまっただろう。蒼一郎自身、世間一般的に受け入れられ難い職業だという自覚があったため、昨日のうちに相談所の正式名称を告げることを躊躇ったのかもしれない。もしくは、説明が面倒だったか。

「聞いてやるから、話したいなら話してけ」

けっして優しい言葉ではない。けれど、尊は唇を噛んだ。優しい言葉ではないのに、思わず涙が滲《にじ》む。相談したところでなんの解決にもならないかもしれないが、一人で抱え込むにはもう限界だった。

不意に、膝《ひざ》の上で握り締めていた手が温かなものに包まれた。見れば、横に座っていた珠子の小さな両手が尊の拳《こぶし》を包み込んでいる。真っ直ぐな眼差しには、こちらを心配するような色が見て取れた。ほんの少しだけ気が楽になって、知らずに強張《こわば》っていた体から力が抜けた。

「……話を聞いてもらっても、いいですか」

「そう言ってんだろ」

面倒臭そうな態度を取る癖に、帰れとはけっして言わない蒼一郎の態度に、「ははっ」と笑って、尊はぽつぽつと自分の身に起きた出来事を話し出したのだった。

「クラスで嫌がらせを受けてるんです」と、尊は話を切り出した。

「一週間くらい前から、一部の男子が大声で俺の悪口を言ったり、立ってると体をぶつけてきたりするようになったんです。この間はとうとう教科書をゴミ箱に捨てられて。文句を言ったら、ゴミが落ちてたから捨てただけだって。みんなの前で笑われて……」

「どう考えても、イジメだな」

尊は俯いて、拳を握り締めた。なによりショックだったのは、悪口の中に、どうしても聞き捨てならない台詞《せりふ》があったからだ。

「〝霊が見えるなんて、言ってるらしいぜ〟って、言われて」

たまたまだったのかもしれない。適当に思いついた悪口が、それだったというだけで。でも、尊はショックだった。ずっと隠してきた秘密をいきなり暴かれたみたいで、上手く反論できなかった。

「結局、巻き込まれるのが嫌なのか、他のクラスメイトたちからも遠巻きにされるようになっちゃって。無視されてるわけじゃないんですけど……」

困った顔をされると、尊としても積極的に話しかけようと思わなくなってしまった。嫌がらせをしてくる男子生徒たちが、クラスの中でも影響力の大きいグループだったせいもある。

「日に日に孤立してるみたいで……」

「担任はなんて言ってるんだ？」

「さすがに気付いたみたいで、大丈夫かって訊かれました。その時はまだ悪口を言われる程度だったんで、大丈夫ですって答えちゃって。でも、今日はちゃんと言ったんです。イジメられてるって」

もっと早い段階で担任を頼っていたら、彼らは大人しくなっただろうか。それとも、教師にチクってんじゃねぇとばかりにイジメがエスカレートしたか。イジメの主体となっている男子生徒——瀬川の性格を考えると、後者の可能性が高い。逆恨みされて、もっと酷いことになっていそうだ。

「だけど、俺にも悪いところがあったんじゃないかって言われて……」

目の前が真っ赤になった。どうして、って叫びたかった。もっと深刻な被害が出ない限り、彼らは真剣に取り合ってくれないのかと、絶望的な気持ちになった。

「担任は協力的じゃねぇみたいだな」

「はい。悪ふざけの延長だろうって、軽く考えてるみたいです」

「他の教師には言ってないのか？」

「担任の先生だけです」

なるほどな、と蒼一郎は頷いて、口を開いた。

「その担任は頼りになんねぇな。学年主任の教師に被害状況を話してみろ。学年主任は経験豊富なベテランが就くから、担任より場数を踏んでる。当たり障りのない対応を続ける奴よりは、まともに取り合ってもらえるはずだ。それと、イジメの物的証拠があれば有利だ。携帯で音声だけでも録《と》っておくといい。クラスメイトからの聴取と合わせれば完璧だ。教科書を捨てられる行為は、器物破損にも当たるな。他にも紛失した物があれば覚えておけ。一週間くらい学校を欠席したあとで、精神科医からの診断書をとって——あ、すまん。これは裁判用だ」

怒濤《どとう》の説明に、尊は目を白黒させた。今までの蒼一郎からは想像もできないほど、ハキハキした口調にどう反応していいのか戸惑ってしまう。

「さ、裁判って」

「昔、弁護士をやってたんだよ。訴えるなら、信頼できる弁護士を紹介するぞ」

知ってます、という言葉を呑み込んで、尊は首を横に振った。そうだ。そういえば、この人は元弁護士だったのだ。想像はできないけど。

「いきなりそこにいっちゃうのは……」

「そういう方法もあるってことは、頭に入れておけよ。有利なのはイジメを行っている奴らじゃなく、お前なんだ。ことが公になれば、甚大《じんだい》な被害を受けるのはあっちだからな」

お前はあいつらの生殺与奪《せいさつよだつ》の権利を握っているんだぞ、と蒼一郎は意地の悪そうな笑みを浮かべる。真逆の考え方に、尊は目から鱗《うろこ》が落ちる思いだった。追い詰められているのは自分の方だと思っていた。けれど、薄氷の上に立っているのは彼らの方だと蒼一郎は言う。

「重要なのは、〝声〟をあげて誰かに助けを求めることだ。一度では駄目でも、二度、三度――そうすれば、いつかきっと誰かしらに届くだろうよ」

「……本当に？」

「届いたからこそ、お前の目の前に俺がいるんだろ」

ぐすっ、と鼻をすすったら、蒼一郎の大きな手が伸びてきて、「男が簡単に泣くんじゃねぇよ」と言って、頭を乱暴に撫でられた。零れそうになっていた涙を慌てて拭《ぬぐ》って、尊は蒼一郎に向き直る。

「まずはさっき言ったように、学年主任に話してみろ。ただ残念なことに隠蔽《いんぺい》体質の学校もあるからな。念のために弁護士に相談しておくか？　むろん学校がまっとうな対応を取れば問題はない。あくまでも保険だ、保険」

「で、できれば、それは最終手段で……」

「そうか？　弁護士のカードをちらつかせると、学校側も誠実、かつ迅速に対応してくれるぞ。誰だって自分の身が可愛いからな」

「それって脅迫ですよね……」

「人聞きの悪いこと言うなよ。これはあくまでも物事を円滑に進めるための〝交渉〟だ」

意地の悪そうな笑みを浮かべる蒼一郎からは、とても額面通りには受け取れない。弁護士時代もこんな感じだったのかな、と尊は内心で溜息をついた。そんな尊の気持ちなど知らずに、蒼一郎はお茶を飲みながら、「そう言えば」と話し出す。

「どうして、いきなりイジメがはじまったんだ？」

「え？」

「心当たりはないのか？」

蒼一郎の問いに、尊も首を捻った。自分もそのことについては、ずっと疑問に思っていたのだ。

「それが、俺も思い当たる節がなくて。イジメがはじまる前までは、瀬川たちの態度も普通だったんです。自分が気付いてないだけで、相手の気に障るようなことを言っちゃった可能性はありますけど……」

「気になる点はもう一つある。そいつらは誰から、お前が〝霊が見える〟ということを聞いたんだ？」

「適当に言っただけじゃあ？」

「適当に言って、そんな言葉が出てくるもんか？　口振りから察するに、誰かから聞いた気がする。〝霊が見えるなんて、言ってるらしいぜ〟なんて、又聞きしたみたいだ」

あの時はショックが大き過ぎて深く考えなかったが、言われてみれば確かに不自然だ。

「霊が見えることを知っている奴はいるのか？」

「ちょっと待ってください。どうして、俺が見えるって知ってるんですか？」

当然のように告げられた言葉に、尊は慌てて声をあげた。霊が見えるって言ってないよな、と蒼一郎との会話を反芻《はんすう》する。うん、言ってない。ならば、なぜ彼は尊の秘密に気付いたのだろうか。

「勘だ」

「…………」

「冗談だ。お前は名刺を見ても、あまり動じなかっただろ。普通はもっと胡散臭そうにする。実はその時から、もしかして、とは思っていたんだ」

それに、と蒼一郎は言葉を続ける。

「あともう一つ。お前の顔がとても悔しそうだったから、だな。見えているのに、周囲に合わせて〝見えない〟ことにするのは、自分でも気付かないうちにストレスを感じるもんだ」

悔しい。

悔しいに決まってる。

見えているのに。自分の目には、あんなにもはっきりと映っているのに。嘘つきだと言われて、反論できなかった。事実だったから。見えているのに、見えていないと嘘をついているから。

だってしかたないじゃないか。本当のことを言ったら、爪弾《つまはじ》きにされてしまうかもしれない。奇異な目で見られてしまうかもしれない。だから嘘をつく。見えない振りをする。あたかも平凡な人間であるように振る舞う。

割り切っていたはずだった。はずだったのに――。

「あー、まあ、あれだ。大変だったな」

蒼一郎の骨張った手が、尊の頭を労《いたわ》るように撫でる。なんだか、子供になった気分だ。気付けば大人しく座っていた珠子も、父親の真似をして尊の頭を一緒に撫でていた。ぽろり、と大粒の涙が零れ、頰を伝った。心の奥底にずっと溜め込んでいた感情が涙となって、堰《せき》を切ったかのように溢れ出してくる。

知り会ったばかりの他人なのに、どうしてここまで気を許してしまったのだろう。いや、なにも知らない赤の他人だったからかもしれない。知り合いにはこんなことは話せない。もしもそれで、人間関係に亀裂が入ってしまったらと思うと、口が裂けても本当のことを言う気にはなれない。

蒼一郎は尊が泣き止むまでなにも言わずに待っていてくれた。差し出されたティッシュボックスを、涙声でお礼を言いながら受け取る。気持ちが落ち着くと、今度は気恥ずかしさが込み上げてきた。

——人前で大泣きするなんて！

蒼一郎たちがいなければ、頭を抱えて叫びながら転げ回りたいくらいだ。大量のティッシュをゴミ箱に証拠隠滅して、尊はなにもなかったように姿勢を正した。

「話に戻るぞ。俺が気になるのはお前をイジメてる奴らに、〝霊が見えると言っていた〟という情報を吹き込んだ人物の存在だ。心当たりはないか？」

「見えることを知ってるのは、両親と……去年、家庭教師でお世話になった女の人だけです。両親は絶対に口外しないようにって言ってましたし、結衣菜《ゆいな》先生が誰かに漏らすとは思えません」

「理由は？」

「すごくいい人っていうこともありますけど、俺と同じなんです」

「そいつも霊が見えるのか」

「はい。ただはっきり見えるわけじゃなく、気配がわかるくらいだって言ってました。だから、つい俺も見えることを話しちゃって。あ、でも、軽くですよ？　俺もちょっとだけ見えるって言った程度です」

「それ以外には、心当たりはないんだな？」

脳裏を過ったのは、小学生の時の光景だ。一度だけ、当時のクラスメイトたちの間で噂《うわさ》になったことがあった。複数の生徒たちから、見えるのなら証明してみせろと強要され、下手をすれば今のようにイジメに発展していただろう。

しかし、その直後に起こった出来事のせいで、噂はいつの間にか消えていた。尊を追及していた者たちも忘れてしまったようで、驚くほどあっさりといつもの日常に戻っていた。さすがに小学生の時だし、今のクラスにはその時の同級生はいない。違うよな、と思い返していた尊に、蒼一郎は話を続けた。

「その女に悪意があったかどうかは重要じゃねぇ。本人がなんの悪気もなくぽろっと零す場合もある。それを聞いた人間が、お前をイジメている奴らに話をしたとも考えられる」

「なるほど」

「まずは家庭教師の女と連絡を取ってみろ」

「えっ、どうして？」

「特定するんだよ。お前の秘密を知っている奴を。その女も、誰彼構わずにお前のことを話して回っているわけじゃねぇだろ。誰と誰に話したくらいは覚えているはずだ。意外と、聞き覚えのある名前が出てくるかもしれねぇぞ」

「俺をイジメてる奴らとか？」

「その可能性もある。だが、そいつらは誰から聞いたのかという部分を言わなかった。なぜだろうな？」

なぜ、と考えて尊は首を捻った。

「……自分が言ったと、言わないでほしいって頼まれたから？」

「それを確かめるために、家庭教師の女と連絡を取るんだよ」

蒼一郎は欠伸《あくび》を一つ零しながら、ぼさぼさの頭を掻いた。

「情報を集めろ。なぜ唐突にイジメがはじまったのか。必要な情報が揃えば、自《おの》ずと原因が見えてくる」

「イジメがなくなるかもしれないってことですか？」

「どうだろうな。まあ、なにもせずにいるよりはマシだろ」

確かに、このままでは登校拒否になってしまいそうだ。それは嫌だ。あんなに勉強して、念願の第一志望に受かったのに。理由もわからずにイジメられて、せっかくの高校生活を棒に振りたくはない。

「……やってみます。もちろん学年主任の先生にも話しますけど、それで解決できるっていう保証もないですし」

「弁護士の連絡先も――」

「それはいいです」

「チッ。せめて小型のボイスレコーダーを鞄の中に入れとけ。当人たちから白《しら》を切られた場合の証拠にもなる。最近は子供だけじゃなく親も問題のある奴が多いからな。うちの子に限って、と主張してくる親への対抗策だ」

それくらいなら、と思っていると、またいつの間にかいなくなっていた珠子がボイスレコーダーを抱えて走ってきた。

「悪いな、珠子。携帯と違って、けっこうな時間、録音できるぞ」

「え、でも」

「遠慮すんな。それに借りは作らない主義だ。相談料もタダでいい」

蒼一郎は昨日のことを言っているのだろう。確かに腰痛に呻く蒼一郎を助けたのは尊だが……。

「……じゃあ、情報を集めたら、またここに来てもいいですか？」

「おう。お前一人じゃ、判断できねぇだろ」

電車から押し出されるなんて運がないと思っていたが、そのお陰で蒼一郎と珠子に出会うことができた。悩みの種だったイジメについても、前向きに考えられるようになった。なにより、胸の内を誰かに聞いてもらえたということが大きいのかもしれない。学校を出る時の暗澹《あんたん》たる気持ちが嘘のようだ。

不意に、和室の古時計が六時を知らせた。もうこんな時間になっていたのか。尊は残念に思いつつ、「そろそろ帰ります」と腰を上げる。あ、その前に急須を洗わねば。水につけ置きしておかなかったが、スポンジで強引に擦《こす》ればなんとかなるだろう。

しかし、台所の流し場を見た尊は言葉を失った。先ほどポットを取りに来た時は気付かなかったが、使ったままの大量の食器が流し台に置かれていたのだ。

「そういえば、ポットに水が入っていましたけど、あれっていつ入れたんですか？」

「あー、いつだったか？　でも、水だぞ。煮沸すれば問題ない」

「腐ってたら意味ありませんから！」

ペットボトルのお茶があって本当によかった。もしかして、蒼一郎は一般常識に欠けているのではないだろうか。尊の父親は彼よりも年上だが、ポットの中であっても水を放置していたら腐って飲めないことくらい知っている。

「ちなみにコンロに置いてある鍋は」

「一昨日に作ってみた大根の煮物が入ってる」

「なら、まだ……」

マシか、と呟いて確かめるために鍋の蓋をあけた。皮も剝かずにぶつ切りにされた大根が茶色い煮汁の中にぷかぷかと浮いている。

「……食べたんですか、これ」

「味見したんだが、醬油《しょうゆ》の味しかしなくてな」

「醬油しか入れなかったら、醬油の味しかしませんよ」

「よくわかったな」

尊だって料理は家庭科の調理実習くらいしかやったことはないが、大根を皮ごと煮たりはしない。調味料だって醤油の他に砂糖と酒を入れるくらいの知識はある。

「いつもなにを食べてるんですか？」

由良家の食生活が心配になって、尊は不安混じりに訊ねた。

「近所に美味くて安い総菜屋がある。あとは近所からの差し入れだな。だから料理ができなくても生きていける」

「そんなドヤ顔で言わなくても……」

とはいえ、珠子に手料理を食べさせようという気持ちはあるのだろう。そうでなければ、大根を煮たりはしない。

「スマホで料理方法を検索すればいいんじゃないんですか？　料理専門の検索サイトもありますよ。母さんがよく使ってて、すごく便利だって言ってました」

「その手があったか」

戦《おのの》いている蒼一郎を気にせず、尊は食器を洗いはじめる。珠子が手伝いたそうに見ているので、小さな皿を渡して布巾で拭いて貰《もら》う。背後から嫉妬という無言のプレッシャーを感じるが、無視することにした。

洗い物を終えて食器棚に片付けたあと、蒼一郎と珠子は門の前まで見送りに出てくれた。空はいつの間にか茜色《あかねいろ》に染まり、古風な民家が並ぶ一帯は、まるでセピア調の写真のように見える。

蒼一郎は腰を庇《かば》いつつ、横目でちらちらと珠子を窺っていた。手を出したり引っ込めたりしているので、手を繋ごうかどうか悩んでいるらしい。親子なんだから悩むようなことでもないのに、と尊は密かに首を捻る。

「じゃあ、また」

手を振れば、珠子も小さな手を振り返してくれる。結局、手を繋ぐタイミングを見つけられなかった蒼一郎は、項垂《うなだ》れるようにがっくりと肩を落としていた。しばらく歩いて、ふと尊はぬいぐるみの存在を思い出す。

「忘れてた。持ってくればよかったな」

でも、鞄に入れておいて瀬川たちに見つかるのも問題だし、と眉を寄せる。放課後ではなく休日に持って来た方がよさそうだ。

あっという間に駅に着いてしまった尊は、列車の時刻を確認する。「あと三十分後か……」と呟き、それならばとスマートフォンを取り出した。待っている間に、以前お世話になっていた例の家庭教師の女性に連絡しておこうと思ったからだ。

田戸《たど》結衣菜というのが、その名前だった。

家庭教師を頼んでいたのは、中学三年の一年間だけ。志望校に合格するためにはもう少し偏差値を上げる必要があって、塾に空きがなかったこともあり親が家庭教師専門の派遣会社に申し込んでくれたのだ。

当時は大学二年生だと聞いていたので、留年していなければ三年になっているはずだ。入学式にお祝いのメールを貰ったのが最後だった。幸い、電話帳には携帯番号を登録しておいたので、連絡を取ろうと思えば簡単に取れる。

「とはいえ、どう切り出したものか……」

改札を通り過ぎて行く人々を眺めながら、尊は唸《うな》った。どうしてそんなことを訊くのか、と問われたら言葉に窮してしまう。イジメられていることを正直に話せば心配をかけてしまうし、かといって適当にはぐらかすなどという高等テクニックを持ち合わせてはいない。問い詰められれば、正直に話してしまう気がする。

「最近、霊感があるのかって訊かれることがあって、もしかして、誰かに喋りましたか
——駄目だ。これじゃあ、責めてるみたいになる」

会話の合間にさらりと話題に出すとか、と尊は呟く。それとも電話ではなく、メールで質問するべきか。いや、メールにしても質問の理由を訊かれたら同じことだ。どう返信していいのか、悩みに悩むだろう。

「やっぱり、電話の方がいいのかな」と、尊はスマートフォンの画面を見つめた。イジメではなく、ちょっと嫌がらせを受けているという具合に言葉を濁せば、必要以上に相手に心配をかけなくても済むのではないだろうか。

――よし、とりあえず電話してみよう。

電話帳を開いて、田戸結衣菜の電話番号を呼び出す。勢いが肝心だ、とばかりに通話の文字をタップした。しかし、聞こえてきたのは呼び出し音ではなく、無機質な機械の音声である。『電源が入っていないか、電波の届かない場所にいるため、かかりません』と告げられる。どこかに出掛けているのかな、と尊は首を傾げた。緊張していたぶん、肩透かしを食らった気持ちである。

「一応、メールしておこう」

連絡が欲しいです、という内容のメールを送信する。律儀な結衣菜のことだ、メールを読めば今晩にでもすぐ連絡をくれるだろう。緊張を解《ほぐ》すように肩の力を抜いて、スマートフォンを鞄にしまう。

電車が来るまで、あと十分。尊の脳裏を先ほどのやりとりが過った。

「……あんな小さな子の前で号泣したのは、恥ずかしかったなぁ」

情報が集まり次第、また由良家を訪れることになる。できれば、怪我をした父親を颯爽《さっそう》と助けてくれた、格好いいお兄さんでありたい。次からは情けない姿を見せないようにしなければ。

——どうにか上手くいって、現状が改善されるといいな。

遠くで響く踏切の音を聞きながら、尊は祈るように空に浮かぶ三日月を見上げたのだった。


翌日の水曜日。

放課後を待って、尊は学年主任の教師を訪ね、職員室に向かった。しかし、タイミングが悪く、今日から出張のため留守にしているらしい。来週の月曜日にならないと戻らないと言われてしまい、尊はがっくりと肩を落とした。

「失礼しました」と言葉を残し、職員室を出る。とりあえず、明日と明後日を乗り切れば休日だ。

蒼一郎に言われた通りに悪口はボイスレコーダーに録音した。できれば、もっと証拠を集めたいところだが、それでこちらの思惑に気付かれてしまったら面倒だ。これ以上、イジメがエスカレートすることだけは避けたい。

「秋都君？」

廊下を歩いていると、名前を呼ぶ声が聞こえた。振り返れば、クラスメイトの大淵《おおぶち》詩織《しおり》が慌てた様子で駆け寄ってくるところだった。

　大淵は一学年の中でも、一、二位を争うくらいに可愛いと有名な女子生徒だ。背中まである長い髪はいつも天使の輪が見えるくらいサラサラで、友人曰《いわ》く、すれ違うとシャンプーのいい匂いがするらしい。同じ中学校出身だが、クラスが一緒になるのは今年がはじめてだった。

「よかった。まだ帰ってなかったんだね」

「なにか用？」

「あの……瀬川君たちが、昇降口で待ち伏せしてるみたいだから、図書室とか他の場所で時間を潰して帰った方がいいよ」

　うわぁ、と尊は顔を顰《しか》めた。知らずに正門から帰っていたら、まず間違いなく捕まっていた。

「教えてくれてありがとう。マジで助かった」

「いいの。こんなことくらいしかできないから」

　申し訳なさそうに俯いた大淵は、視線を落としたまま肩を震わせる。

「ごめんなさい。私、クラス委員長なのに、瀬川君たちのこと止められなくて」

「大淵が謝るようなことじゃないって」

「止めなきゃって思うの。でも……」

女子が一人で男子のグループに立ち向かうのは、そりゃ怖いだろう。しかし、委員長としての立場から、大淵は罪悪感を募らせていたようだ。

「秋都君、一昨日は学校を休んだでしょ？　もしかして、このまま来なくなっちゃったらどうしようって不安だったの。私だったら、絶対にむり。引《ひ》き籠《こ》もっちゃう。秋都君は強いよね」

「そんなことないって」

とは言ったものの、このままイジメがエスカレートしていけば、学校へ行き辛くなってくることはたしかだ。高校は義務教育ではないため、不登校が続けばどんな理由があろうとも待っているのは留年の二文字だ。学校に出て来なければ、出席日数が足りないことを理由に退学させられることだってありえる。

もちろん、それは尊が想像する最悪のパターンだ。蒼一郎が言っていたように学年主任の教師に助けを求めれば、いまいち親身になってくれない担任よりも、もっと事態を深刻に受け止め、具体的な解決策を講じてくれるかもしれない。

「私にできることがあったら、なんでも言ってね」

両手を胸の上で握り締め、控えめに微笑《ほほえ》む大淵はうっかり恋に落ちてしまいそうなくらいには可愛かった。ささくれた心が、たったそれだけで癒やされる。我ながら単純だ。

「私も図書室に行く用事があるの。一緒に行こう？」

「俺と一緒にいたら、あとでなにか言われるかもよ」

「それくらい、平気だよ」

もっとも、大淵ほど男子にも女子にも人気のある生徒ならば、瀬川たちもおいそれと手出しはできないだろう。その分こっちにしわ寄せがきそうだなと、尊は苦笑した。

「秋都君は本を読む方？」

「読書感想文を書く時以外は読まないかも」

「えー、もったいない。面白い本がたくさんあるのに」

「活字を見てると、眠くなるんだよ」

「みんなそう言うよね。私なんて、先の展開が気になって徹夜しちゃうくらいなのに」

「ドラマとか映画になった本なら、ちょっと気になるんだけどさー」

やばい、ちょっと幸せかもしれない。同じクラスとはいえ、いつもクラスメイトたちに囲まれている大淵と会話したことは数えるほどしかなかった。恋愛感情を持っているわけではないが、人気のある女子と並んで歩けるということは、それだけで無駄にテンションが上がる。

「……あ、また来てる」

二階にある図書室に向かうべく階段を上っている最中に、窓の外に視線を向けた大淵が、不意にぽつりと言葉を漏らした。会話していた時よりも低いトーンに、尊は首を捻りつつも窓を見る。

「げっ」

正門付近に、真っ黒ななにかがあった。遠目過ぎてよくわからないが、靄《もや》の塊のようなそれは微《かす》かに表面が蠢いているような気がする。くろすけ——尊は密かにそう呼んでいる——を見たのは、実はこれがはじめてではない。入学してからひと月ほど経《た》ったある日、校内に突如として出現したのである。

人が大勢集まる場所は、どうもああいったものを惹《ひ》きつけてしまうようで、小学校、中学校の絶対に近付いてはいけないスポットは両手の指をもってしても足りなかった。月岡高校は一昨年、校舎が新設されたばかりである。他の高校に比べてああいうものがまだ寄りついていない方だと考えたからこそ、尊はここを第一志望に決めたのだ。

特に中学校の体育館はやばかった。バスケ部の友人に用があって体育館に行ったら、妙にギャラリーで応援する生徒たちが多い。これから練習試合でもあるのかなと思っていたら、全員が幽霊だったなんてこともあったくらいである。

新築のお陰で、奴らのいない生活を満喫していたというのに。とはいえ、今のところくろすけ以外の霊は確認していないため、接触にさえ気をつければ問題はなかった。それにくろすけは気紛《きまぐ》れなのか、たまたま尊が出会《でくわ》さないだけなのかは不明だが、校舎や校庭での目撃回数は少ない。ただ、ひと目見て明らかによくないものだと直感できるほどなので、見つけたらできるだけ遠ざかるようにしていた。

そのくろすけが、正門付近をさ迷っていた。これでは瀬川たちがいなくなっても帰れないじゃないか。尊は頬を引《ひ》き攣《つ》らせる。

「学校にまで押しかけてくるなんて、非常識だよね」

「えっ、なにが？」

「須藤先生の婚約者よ。西之宮美貴子《にしのみやみきこ》さん。いいところのお嬢様なんですって」

そういえば、担任が一ヶ月ほど前に、校長の紹介で知り合った女性と婚約したのだという話を耳にした覚えがある。あの時は、各学年問わず女子生徒たちが阿鼻叫喚の嵐だった……。

どんな女性だろう、と思って目を凝らせば、正門前に真っ赤なスポーツカーが一台、停めてあるのが見えた。本人は姿が見えないので車内にいるようだが、特徴のある車なので大淵はすぐにピンときたのかもしれない。

「迎えにしても早いよな。仕事が終わるのはまだ先なんじゃ……」

「ああやって、自分の存在をアピールしてるのよ。須藤先生は女子にもてるから、牽制《けんせい》したいみたい。私も睨まれたんだよ」

「うわぁ、それは嫌かも」

しかし、牽制したい気持ちもわからなくはない。実際に女子生徒たちだけでなく、須藤は同年代の独身女性教師たちからも熱い視線を送られているのだ。婚約者からすれば、気が気ではないだろう。だからと言ってわざわざ校門前に陣取って、自分の存在をアピールするのもどうかとは思うが。

「あそこは路上駐車禁止なのに。校長先生の知り合いだから他の先生たちも注意し辛いみたいで、今じゃあ自分専用の駐車場みたいに使ってるのよ。ほんといい迷惑だわ」

確かに、あんなところに停めてたら、誰かしら気付いた教師に注意を受けているはずだ。それなのに堂々と停めているということは、大淵の言った通りなのかもしれない。先生たちも大変だな、と尊は思わず同情した。

「須藤先生って誰にでも優しいでしょう？　だから自分は特別だって勘違いしたのよ。それで強引に話を進めたんだわ」

普段の大淵からは想像もできないくらい強い口調だった。よほど婚約者が気に食わないらしい。

「須藤先生も校長先生の紹介だから、断り辛かったのかもしれないわ」

尊は返答に窮した。政略的なものでもない限り、さすがに合わない相手との結婚は断る気がする。校長先生からの紹介とはいえ、本人の娘でもないわけだし。校長に異動の辞令が出てしまえば、それまでの付き合いだ。

もしかしたら大淵は、須藤のことが好きなのかもしれない。そう考えれば、婚約者に対し必要以上に攻撃的になるのも頷ける。

「きっと須藤先生の前では本性を隠して、お淑《しと》やかに振る舞ってるのよ。須藤先生はあの人に騙されてるんだわ。それに……」

大淵は言葉を区切って、少しだけ声を潜めた。ちょっとドキドキしながら、大淵の口元に耳を近付ける。

「先生たちが噂してたんだけど、略奪だったんだって。聞いたことない？」

「初耳だけど」

「そうなんだ。実はね、須藤先生には恋人がいたんだって。それを強引に奪ったみたい。そのせいで、須藤先生のよくない噂まで流れてるんだよ」

「恋人を振って、そんな女性を婚約者に選んだ、って？」

「うん。秋都君も、須藤先生が可哀想《かわいそう》だって思うよね」

「そうかな？　結局のところ婚約しようって決めたのは、須藤先生自身じゃん。可哀想なのは、捨てられた恋人の方だと思うけど」

しかし、その答えがお気に召さなかったらしい。大淵は眉間に皺を寄せると、不満げに顔を逸《そ》らしてしまった。女の子の機嫌の取り方って、どうすればいいんだっけ、と尊は必死に頭を捻る。

「そういえば、大淵って本が好きなんだよな。せっかく図書館に行くんだから、お勧めの本を紹介してくんない？」

「私、用事を思い出しちゃった」

　機嫌を損ねたらしい大淵は、さっと身を翻《ひるがえ》すと階段を降りて行ってしまう。あっという間に視界から消えていく姿に、尊は「ええー」と呟いた。大淵は同意を得られるものだとばかり思っていたのかもしれない。

「女の子ってわかんない……」

　女友達はいるものの、やはり普段は男友達と一緒にいることの方が多かった。もちろん、恋人なんていた例しはない。好きな子はいても告白する勇気がなく、高校進学を機に離れ離れになってしまったくらいだ。

「図書室で時間を潰すか」

　窓からくろすけの様子を窺う。うろうろしているようだが、今のところ校舎に入ってくる気配はない。所定の位置から動かない霊はそこに近付かなければいいだけだが、ああいう風にさ迷っているやつは厄介《やっかい》だ。移動経路に規則性がある場合を除いて、ある程度、周囲を警戒する必要がある。

　階段を上って、図書室に向かおうとした時だった。

「――そこの君」

　背後から声が掛かり、尊は立ち止まった。周囲に他の生徒はいないので、たぶん自分のことだろうと思い、声が聞こえた方に振り返る。するとパンツスーツ姿の女性が、困惑した表情を浮かべてこちらに歩いてくるところだった。年齢は三十手前くらいだろうか。気の強そうな目尻とベリーショートに短く整えられた髪が印象的な美人である。こんな先生いたっけ、と尊は首を捻った。

「すまないが、校長室はどこだろうか？」

「それなら階段を降りて、右に曲がったらすぐですよ」

「階段を降りて右だな。ありがとう」

礼を告げた女性が階段を降りようとした時、一階から上って来る足音が響いた。やってきたのは、これまた見覚えのない二十五、六の男性である。その背の高いスーツ姿の男性は、女性を見るなり目尻を吊り上げた。

「椿《つばき》先輩！　どこに行ってたんですか！」

「……少し校内を見て回っていただけだ」

「どうせ、また迷子になってたんでしょう。あれほど考えごとをしながら歩かないでください と言ってるじゃないですか。トイレに行くって言ってずっと戻ってこないから、先生方が不審がってましたよ」

「それは不味《まず》いな。急いで戻るぞ」

「あ、ちょっと待ってください！」

男女の二人組は、まるで嵐のように去って行った。保護者にしては若いので、いったい誰だったのだろうと疑問に思いつつ、通学鞄を背負い直した尊は、予定通り図書室に向かったのだった。


土曜日。

土産《みやげ》にと近所で評判のケーキを持って由良家へやってきた尊は、先日と同じように差し出されたペットボトルのお茶で喉《のど》を潤《うるお》し、溜息まじりに蒼一郎に報告した。ちなみに急須はあのあと買ってきたハイターで漂白したのはいいが、翌日うっかり落として割ってしまったらしい。

「家庭教師の先生と連絡がつかないんです。スマホに連絡しても、ずっと電源が入ってないか電波の届かない場所にいます、ってなるし。メールを送っても返事がなくて」

「番号を変えたなら、この番号は使われていませんと流れるはずだ。または新しくその番号を契約した奴がいるなら留守電に変わるのが普通だ。着信拒否の場合は、違うアナウンスが流れる」

「そうなんですか？」

「たいていは〝お客様の都合でお繋ぎできません〟とアナウンスされた気がするな。携帯をなくしたとしても、すぐにアカウントを停止するだろうから……意図的に電源を切っている線が濃厚だ」

意図的に、と呟いて尊は眉を寄せた。スマートフォンの電源を意図的に切る理由が、いまいち思いつかない。頬をハムスターのように膨らませてショートケーキを頬張っている珠子の口を拭いてやりながら、蒼一郎は言葉を続ける……どう見ても、拭くというよりも汚れを広げているようにしか見えなかった。あとで拭いてあげよう。

「そいつは一人暮らしか？」

「実家から大学に通ってるって言ってました」

「そっちに電話してみたらどうだ？」

「スマホがあったから聞いてないんですよね。なにか問題があれば、家庭教師を派遣してる会社に連絡してましたし。あ、でも、住所は知ってます。年賀状を貰ったんで」

「実家に直接、出向くという方法もあるが……どうだ？」

「うーん。このまま繋がらなかったら、心配なので訪ねてみようかとは思いますけど……」

あくまでも家庭教師と生徒という立場で、特別、親しいというわけでもなかった。連絡がつかないとはいえ、さすがに実家にまで押しかけるのもなぁ、と尊は内心で唸る。なにより、近況報告をするついでにさりげなく「霊感云々《うんぬん》」の話を切り出そうと思ったのだ。

直接、顔を合わせての会話で挙動不審にならない自信がない。その場合、洗いざらい喋ることになってしまうだろう。

「イジメについてはどうだ？」

「見事に悪化しました」

あれから須藤がどう注意したのかはわからない。さすがに親を学校に呼ぶことまではしていないと思うが、進路指導室に呼ばれたあとから、瀬川たちの態度は目に見えて悪化した。やはり余計なことを言ったと思われたのだろう。余計なことというか、尊は事実しか言っていないのだが。

「机に落書きって、はじめてされましたよ」

幼稚な嫌がらせではあるが、常に視界に入ってしまうので、そのたびに胸が痛む。なによりも勘弁してほしかったのは、尊の悪い噂を他のクラスまで広めようとしたことだ。中学時代の友人から、「お前、クラスでイジメられてんの？」と心配されてしまったほどである。

「嘘つき霊感少年って、噂されてますよ。一応、否定するように他のクラスの友達には頼んでおきましたけど」

「なるほどな。そいつらはますます自分の首を絞めているわけだ」

「そうなんですか？」

「クラス内のイジメの場合、生徒は親に言い辛いもんだ。余計なことをして自分が目をつけられるのも嫌だし、傍観していることに対し罪悪感があればなおのこと口を噤《つぐ》んでしまいがちになる。しかし、だ。他のクラスともなると、話が違ってくる」

蒼一郎はペットボトルのお茶を飲んで、一口ほど食べた自分のチョコレートケーキを珠子の前に「これも食え」と言って置いた。そして、改めて尊に向き直る。

「当事者じゃねぇからな。簡単に親に言えるだろ。教育熱心な親なら、間違いなくなぜ対処しないのか苦情の電話を学校にかけるだろうな。そうなれば、全職員の知るところとなるし、下手をすれば教育委員会が出張《でば》る可能性だってある。担任はできるだけ当人同士の話し合いで解決しようとしてるんだろうが、そこまで話が大きくなるとそうもいかない。停学か、下手をすれば退学なんてこともありえるな」

「うわぁ……」

「当然、イジメを行っている側の内申書にも響くから、進学は大変だ。就職も近場は噂が出回っているし、下手をすれば他県で探すことになる。高校にきた求人に頼らず、自力で他県での就職先を見つけられればいいがな」

にやにやと、蒼一郎は人の不幸をあざ笑うかのように告げる。自業自得とはいえ、もしその話が現実になってしまったら、彼らの未来はお先真っ暗だ。チーズケーキの最後の一欠片《ひとかけら》を頬張りながら、尊は憂鬱《ゆううつ》な気分になった。

尊だって今までされたことを思うと、一度くらい痛い目に遭えばいいとは思う。でも、イジメがはじまる前までは、クラスメイトとして普通に接していた者たちなのだ。反省してイジメを止めてもらえればいいかな、というのが正直なところだった。

「あくまでも可能性の一つだ。とはいえ、ここまでくればなにもなかったでは済まされんだろう。高校生なんだから、善悪について正しい判断ができるはずだ。自分のしでかしたことに対して、責任を取る必要がある」

「……ほんと、なんであいつらはそこまで俺のことが気に食わないんだろ」

どれだけ考えても、心当たりはないのだ。もしかして、瀬川たちは中学校でもイジメを行っていて、たまたま新しいターゲットにされてしまっただけかとも思ったのだが、彼らと同じ中学校の生徒にこっそり話を聞いたところ、そんなことはなかったらしい。

机に頬をぺったりとくっつけて溜息をついていると、目の前に立ちはだかる影があった。視界に映るのは、ちょっと不細工な猫のイラスト。珠子が着ていた七分袖のワンピースに描かれていた猫だ、と気付く前に、小さな手が髪を撫でた。

慰めるように、労るように、手は尊の頭を行き来する。

「珠子は優しいね」

思わず小さな体をぎゅっと抱き締めると、お返しとばかりにぎゅっと抱き締め返された。こんな妹がいたら、絶対に可愛がるのに。

「おいこら、てめぇ。人様の娘を誑《たぶら》かしてどうするつもりだ」

地を這《は》うような重低音が響く。落ち込んでいるところを慰められているだけなのだが、蒼一郎はそれが気に食わなかったらしい。尊の頭を掴むと、容赦なく力を込めてくる。

「痛ッ！　ちょ、痛いですって！」

「珠子は嫁にはやらん」

「俺もさすがに、こんな小さな子をお嫁さんにしたいとは思いませんよ！」

「あん？　うちの珠子が可愛くねぇって言うのか？」

「違う！　痛い！」

這々《ほうほう》の体《てい》で頭を潰しに掛かる掌から逃れ、尊は涙目になりながら呼吸を整えた。不満げに舌打ちする蒼一郎に背筋を震わせ、尊はそう言えば、と珠子の姿を探した。小さな少女は膝立ちのまま所在なげに視線をさ迷わせている。突然はじまったデスマッチに、どう対応していいのか困惑している様子だ。

それに気付いた蒼一郎も、さすがに大人げなかったと思ったのか、決まり悪そうにぼさぼさの頭を掻いている。やっぱり、この二人は親子というには少しぎこちないように見える。それに休日だというのに、由良家には母親の姿はなかった。訊いてみればいいだけの話だが、どこまでが踏み込んでいいラインなのかがわからない。よく考えてみれば、まだ三回しか会ってないいんだよな、と尊は心中で呟いた。

「……珠子は人見知りしないんですね」

「するぞ」

「え、するの？」

思わず敬語が取れてしまった。それほどの衝撃だったのだ。

「むしろ人見知りは激しい方だ。お前のことは、よっぽど気に入ったんだろ。だが、嫁にはやらん」

いりませんと否定しても蒼一郎の怒りを呼び起こすだけなので、尊は曖昧《あいまい》に微笑むだけに留めた。すると珠子はなにを思ったのか、蒼一郎から離れて座っていた尊に近付いてくると、膝にちょこんと腰掛けた。可愛い。文句なく可愛い。

そんな珠子は、尊の頭を真剣な眼差しでチェックしている。先ほどの遣《や》り取《と》りで、変形してしまったのではと心配しているようだ。その間、尊は蒼一郎を絶対に見ないようにしていた。どうせ人を殺せそうなほど鋭い眼差しでこちらを睨んでいることだろう。

しかし、どうしてここまで懐かれたのだろうか。珠子と同じくらいの従兄弟たちの面倒を見ることも多かったので子供の扱いに慣れてはいるが、普通の子なら初対面の相手には人見知りするはずだ。だが、珠子ははじめから尊に対し、そういった素振りを見せなかった。懐かれるのは嬉しいが、妙な疑問が残る。

「あー、珠子。父も手首を痛めたみたいだ」

棒読みのような台詞に、尊は考えを止めて思わず吹き出しそうになった。どうやら珠子が尊ばかり構うのが面白くないらしい。しかし、珠子は迷う素振りを見せたものの尊の膝から動こうとはしなかった。どう見ても嘘っぽいもんな、と尊は苦笑する。

「痛い！　手首が腐って落ちる！」

「さすがにそれは言い過ぎですって。珠子が怖がりますよ」

ショックを受けたように固まる珠子の頭を撫でる。子供はなんでも真に受けてしまうのだから、言葉には気をつけてほしい。それでも下手な演技を止めない蒼一郎を、半ば呆れ気味に眺めている時だった。

玄関のチャイムが鳴ったかと思うと、こちらに向かってくる足音が聞こえた。

「由良蒼一郎。いい加減に、珠子の親権こちらに渡してもらおうか！」

すぱんっ、と戸が開いたかと思うと、怒りに眉を吊り上げた気の強そうな女性が仁王立ちしていた。親権、と気になる言葉が聞こえたが、それよりも尊は突然の乱入者に見覚えがあった。

「こないだの迷子の人」

間違いない。水曜日の放課後、校舎の廊下で声を掛けてきた女性だ。確か、後輩の人に「椿先輩」と呼ばれていた気がする。尊の発言に訝しげな表情を浮かべた椿は、一瞬の間を置いて、「あの時の少年か」と呟いた。

「なんだ菖蒲《あやめ》。また迷子になったのか。だからいつも迷子紐をつけろって言ってるだろ」

「馬鹿にするな！　それと何度も言うが、私の名前を気安く呼ぶんじゃない！」

「名前を呼んでなにが悪い。それとも、なんだ。法律に抵触でもしてるのか？　ん？」

「貴様ぁあああ！」

おちょくられている。完全におちょくられている。尊は嬉々として椿をからかう蒼一郎に、頰を引き攣らせた。しかし、この二人はいったいどういう関係なのだろう。元夫婦だったりして、と勝手に勘繰《かんぐ》っていると、椿が挑むような眼差しでこちらを睨みつけてきた。

「少年。あの時、私は迷子になっていたわけではない。校舎を見て回っていただけだ」

「はあ」

後輩さんの口振りから、どう考えても間違いなく迷子だったとは思うが、本人の弁解を否定するのも大人げないので、尊は曖昧に頷いておいた。

「ところで君は、どうしてこんな胡散臭い男の家にいるんだ」

「ええと……お悩み相談？」

どう言えばいいのか迷いつつ、思ったことを口にすると、なぜか椿の表情が険しさを増した。

「心霊相談所はでたらめだ。霊なんているはずがない。なにを言われたのかは知らないが、さっさと家に帰った方がいい。貴様も詐欺《さぎ》罪で逮捕するぞ」

ずいぶんな言われようだ。対する蒼一郎は、一切の動揺は見せずに、相変わらず意地の悪そうな笑みを浮かべている。

「自分が見えないからって、頭ごなしに否定するのは止めてほしいね。それと詐欺罪は成立しねぇよ。こいつから金銭は受け取ってねぇからな。俺はあくまでも善意で相談に乗ってるだけだ」

「いないものをいないと言って、なにが悪い。それに私は少年の未来を思って――」

急にこちらを凝視した椿は、室内に入るといきなり尊の前に正座した。意味がわからずに、尊は困惑する。膝に座ったままだった珠子が、なぜか縋《すが》りつくように尊の腕をぎゅっと掴んだ。

「君は一年一組の秋都尊君か？」

「そうですけど、どうして名前を知ってるんですか？」

「学校で写真を見せてもらった。私はこういうものだ。君に訊きたいことがある」

椿が懐《ふところ》から取り出したのは、黒塗りの警察手帳だった。証明写真と本人を見比べ、尊は茫然と「刑事さんだったんですね」と呟いた。しかし、どうして刑事である椿が、月岡高校を訪れていたのか。自分が知らないだけで、警察に通報が必要な問題でも起こっていたのだろうか。

「田戸結衣菜という女性を知っているだろうか？」

「はい。知ってます」

「君とは、家庭教師と生徒の間柄で合っているか？」

「はい」

尋問されているわけではないが、緊張のあまり声が固くなってしまう。膝に座っている珠子が不安そうな視線を寄越した。

「菖蒲」

「なんだ」

「尋問じゃねぇんだ、もう少し雰囲気を和らげろ。そいつも怯《おび》えてんだろ」

むっとするように眉を寄せた椿だったが、緊張して固まっている尊に気付いたのだろう。溜息をついて「すまない。配慮が足りなかった」と頭を下げた。

「君の元家庭教師である田戸結衣菜が、先月から行方不明になっている。なにか心当たりはないか？」

「えっ、行方不明って……」

突然のことに、尊は愕然《がくぜん》とした。電話が繋がらないので、なにかあったのだろうかと心配していたが、まさかそんなことになっていただなんて。

「どういうことですか？」

「どうと訊かれてもな。家族から捜索願が出されたため、としか言いようがない。自分の意思で姿を消したのか、それとも事件に巻き込まれたのかは、まだ調査中だ。君は田戸結衣菜からなにか聞いていないか？」

「……聞いてません。最後に連絡を取ったのは、二ヶ月も前です」

二ヶ月前、と椿は呟きながら手帳に書き込む。その姿を眺め、尊は疑問に思ったことを口にした。

「この間、学校に来たのはどうしてですか？」

「生憎《あいにく》と捜査にかんする情報は口外できないことになっている」

けんもほろろな回答に、尊はむっとした。結衣菜のことが心配で、少しでも情報を得ようとしただけなのに。

「じゃあ、俺みたいに結衣菜先生の教え子たちを訪ねて回っているんですか？」

「ああ。君で最後だ。予定では来週辺りに伺うはずだったが、手間が省けた」

結衣菜には自分の他にも教え子がいたことは知っている。将来、教師を目指しているという結衣菜にとって、家庭教師はその予行練習のようなものだと言っていた。学業との両立は体力的にきついが、できるだけシフトを入れてもらうようにしていたらしい。

「有力な手掛かりは得られたんですか？」

「残念だが、教えられることはなにもない」

そこで室内にメールの着信音が鳴った。鞄からスマートフォンを取り出した椿は、画面を見るなり眉を顰め立ち上がる。

「生憎と、急ぎの仕事が入ったのでこれで失礼する。珠子の親権について、諦めるつもりはない。首を洗って待っていろ」

物騒な捨て台詞を残し、嵐のように来襲した椿は、また嵐のように去って行った。緊張から解放された尊は、ペットボトルの残りを飲み干して安堵《あんど》の溜息をつく。

「あの人は誰なんですか？」

「嫁の妹だ」

奥さんではなかったのか、と尊は心中で呟いた。確かに、蒼一郎と椿が夫婦だったら、喧嘩している姿しか思い浮かばない。

「ええと……その、珠子のお母さんは……」

「今年の二月に亡くなった」

「すみません、言い難いことを訊いちゃって。あ、仏壇に手を合わせてもいいですか？」

蒼一郎は首を横に振った。そして、抑揚のない口調で告げる。

「ここに仏壇はない。位牌《いはい》は小百合《さゆり》――嫁の実家にある」

先ほどの椿を思い出す。あれは義理の兄に対する態度ではない。尊でもわかるくらいに、蒼一郎への憎しみが籠もっていた。姉の位牌をここにおいておけないと主張しても不思議はない。

「じゃあ、珠子は？　親権ってどういうことですか？」

腕の中に大人しく収まっている、幼い少女。母親を失っただけでなく、下手をすれば父親からも引き離されるかもしれないなんて。不思議そうに尊を見上げる珠子は、いまいち事態を理解していないようだ。

「親権は俺にある。これは裁判で正式に決まったことだ。ただ男親だと娘を育てられないと思われているんだろうな。ことあるごとに、親権を寄越せと迫ってくるんだ。死んでも手放さねぇけど」

あれは下手をすれば、そのまま珠子を攫《さら》って行ってしまいそうな勢いだった。さすがに親権が蒼一郎にあるうちは手荒なことはしないだろうが……。

「それにしても、まさか行方不明になっているとはな」

「結衣菜先生のことですか？　俺もはじめて聞いてびっくりしましたけど……。警察は公開捜査しないんでしょうか。もっと情報が集まるかもしれないのに」

「事件性があると警察が判断した場合は、そうなるだろうな。しかし、田戸結衣菜はぎりぎりとはいえ成人だ。未成年とは状況も違ってくる。今の段階だと、内々の捜査で終わる可能性は高い……とはいえ、妙だな」

無精髭の目立つ顎《あご》に片手を添えた蒼一郎は、思案げに視線をさ迷わせた。

「なにがです？」

「あいつは県警の刑事だ。この程度というのはあれだが、菖蒲がかかわるような件とは思えん」

「ってことは、まだなにかある、と？」

「ああ。だが、事件性があるなら、お前が言っていたように公開捜査となるはずだ。まだ時期尚早と判断して情報公開に踏み切れないでいるか、あるいは別の思惑があるのか……疑問だな」

込み上げてくる不安に、尊は唇を嚙み締めた。結衣菜が無事であればいい。でも、もしその身になにかあったのだとすれば——。

「明日、結衣菜先生の実家に行ってみます。なにかわかるかもしれないし」

「じゃあ、送ってってやるよ」

「え、大丈夫ですよ。さすがにそこまでしてもらうわけにはいきません」

蒼一郎からの意外な申し出を尊は断った。しかし、蒼一郎はなぜか妙に人のよさそうな笑みを浮かべ、「乗り掛かった船だ、気にすんな」と告げる。

「でも、腰だってまだ痛いんじゃないんですか？」

「多少は痛むが、車が運転できないほどじゃない」

「……今度は、なにを洗えばいいんです？　食器ですか？　洗濯物ですか？」

「善意だ、善意。それに俺も田戸結衣菜の件は気になる。珠子もたまには出掛けたいよな？」

　こくん、と珠子が頷く。お出掛けが嬉しいのか、こちらを見上げる瞳も心なしかきらきらと輝いているような気がする。これは断るのは難しそうだ。

「……お世話になります」

「おう」

　蒼一郎たちと出会えてよかった。なにより、彼らの押しつけがましくない優しさは、ささくれた心を癒やしてくれるようだ。あの日、満員電車から押し出してくれた、顔もわからない相手に尊は感謝したのだった。


　翌日、尊は蒼一郎が運転する車で、結衣菜の実家に向かった。彼はいつものように着物を着て、その上に紺色の羽織を合わせている。首の包帯もそのままだ。頭は相変わらずぼさぼさだが、仕立てのよさそうな着物のお陰か、街角に立っていても職務質問を受けない程度には見られる格好だ。これが上下ジャージだったら、間違いなく職務質問の餌食《えじき》となっていただろう。服装は大事である。

　珠子もよそ行き用の、赤を基調にした可愛らしいチェックのワンピースを着ていた。尊は思わず真顔でスマートフォンのカメラを構えてしまったほどである。

なによりも驚いたのは、蒼一郎の車が尊でも知っているくらい有名な高級車だったことだ。家に迎えに行くという申し出を断って、由良家を待ち合わせ場所にして正解だったと、胸を撫で下ろしたほどである。庶民的な住宅街には明らかに不似合いな車だ。もしそれに乗り込んでいる姿を両親や近所の人に見咎《みとが》められたら、面倒なことになっていただろう。

蒼一郎のことについては、両親にまだなにも言えていない。事情を説明すれば、芋づる式にイジメについても話さなければならなくなってしまうからだ。ずっと黙っているわけにはいかないが、まだすべてを話す勇気は持てなかった。もっとも、なんらかの形で息子の様子がおかしいことに気付いてはいそうだが。

「あ、珠子。リボンが変だぞ」

髪の側面で結んである白いレースのリボンは、縦結びになっている上に奇妙な形に曲がっていた。たぶん蝶々《ちょうちょ》結びを目指したのだろうが、服がよく似合っているだけにそこだけが妙に目立ってしまっている。

「直すぞー」

ひょいとリボンを解《ほど》いて、手早く結び直す。形を整えればできあがりだ。うん、こっちの方が可愛い、と頷いていると前の席から地を這うような声が聞こえる。

「……不器用で悪かったな」

「由良サンガヤッタンデスネ」

思わず片言になってしまった。これはあとで蝶々結びをレクチャーした方がいいのか、それとも触れずにそっとしておいた方がいいのか、悩みどころである。車内の気まずい雰囲気に耐えていると、カーナビが目的地に到着したことを告げる。

「この家みたいですね」

車が停まったのは、現代風の小綺麗な一軒家の前だった。庭先には早くも色づきはじめた紫陽花《あじさい》が咲き、大小様々な薔薇《ばら》が彩りを添えていた。そういえば、母親がガーデニングを趣味にしていると言っていたな、と思い出す。よく庭の手入れに駆り出されるのだと、結衣菜は困ったように笑っていた。

「連絡はしてあるのか？」

「はい。母さんが結衣菜先生に、実家の電話番号を教えて貰っていたみたいで。昨日の夜に電話しておきました。ちょっとの間だけど、珠子と二人でドライブを楽しんできてください」

二台分の駐車場は、すでに車で埋まっていた。結衣菜はピンクの軽自動車に乗っていた。だから駐車場に置かれている片方が、結衣菜の車だと一目でわかった。

「じゃあ、行ってきます」

「帰る時は連絡しろよ」

「はい。珠子、行ってくるな」

後部座席に尊と一緒に乗っていた珠子の頭を撫でて、車から出る。はじめての家は緊張するなぁ、と内心でぼやきながら尊は玄関に向かった。振り向くと車から珠子が手を振っているのが見えた。

大丈夫、と自分に言い聞かせ、玄関のチャイムを押す。

「――いらっしゃい。あなたが秋都君ね？」

扉を開けたのは、結衣菜によく似た年配の女性だった。おそらく、彼女が結衣菜の母親だろう。疲れたように微笑む姿に胸が痛んだ。

「はい。結衣菜先生にはお世話になりました」

「娘から秋都君のことは色々と聞いているわ。どうぞ。主人も中で待っているの」

もしかして、彼らも尊から娘のことを訊きたかったのかもしれない。頷いて、尊は靴を脱いだ。

室内は品のある調度品で統一されており、結衣菜の母親の趣味のよさが窺い知れた。スリッパを履《は》くと、奥の応接室に案内される。そこには厳格そうな男性がソファーに座っていた。

「あなた、秋都君よ」

「……ああ」

「遠かったでしょう？　さあ、座って」

「ありがとうございます」

勧められるままソファーに腰を下ろすと、ほどなくして結衣菜の母が紅茶を入れたカップを尊の前に置いた。お茶請けに用意されていたのは、美味《おい》しそうなクッキーである。

「ごめんなさい、こんなものしかなくて」

「いいえ。お、お構いなく」

緊張のあまり、声が上擦《うわず》ってしまった。結衣菜の両親に会うのはこれがはじめてだが、こんな怖そうな父親だなんて聞いてない。下手なことを訊ねたら、追い出されてしまいそうだ。

「……どうだろうか？」

唐突に、結衣菜の父親が口を開いた。意味がわからずに困惑していると、絞り出すような声で彼は続けた。

「結衣菜は。あの子は、ここにいるだろうか」

「どういう意味ですか？」

「君はあの子と同じで、幽霊が見えると聞いている。もしもあの子が死んでいるのなら、ここに戻ってきているはずだ。君の視界に、あの子は映っているのか？」

驚きに目を瞠《みは》れば、結衣菜の母親も縋るようにこちらを見つめていることに気付いた。

「……結衣菜先生から聞いていたんですか」

「あの子は昔から、そのことが原因で苦しんできた。だから同じ境遇の子に出会えて嬉しかったのだろう。教え子の中でも、君のことをよく話してくれた。とてもよい子だと。もしも霊感があることで悩んでいるのなら、できるだけ力になりたい、と」

尊は膝の上に置いた拳を握り締めた。

結衣菜が自分と同じように悩んだ過去があったなんて、考えもしなかった。彼女はそんなことをおくびにも出さなかったし、自分の心霊体験についてもユーモアを交え、気軽な口調で語っていた。あれはもしかして、尊を不安にさせないように配慮してくれていたのかもしれない。

「本当は、もっと早く君に連絡を取ろうと思っていたんだ。けれど、できなかった。もしも、私たちの希望にそぐわない答えが返ってくるかと思うと……できなかったんだ」

結衣菜の父親の肩が震えていた。むりやり押し出すようにして、彼は言葉を続けた。

「秋都君。あの子は……結衣菜は、ここにいるだろうか?」

死ねば誰もが霊になるとは思っていない。もしそうならば、視界は幽霊で埋め尽くされているだろう。霊として残ってしまうのは、一握り。どんな基準で――そもそも基準などないのかもしれないが――霊になるのかはわからないが、世間一般的なイメージ通り、恨み辛み、または心残りがある者ほど、そうなってしまうのではないかと尊も思っている。

だから結衣菜の霊が見えなくても、それで彼女が生きている証明にはならない。そう断ってから、彼らの質問に答えようとした。しかし、尊は寸前のところで言葉を替える。

「結衣菜先生の姿は見えません。気配があればなんとなくわかるので、ここに先生はいないと思います」

結衣菜の両親は安堵したように肩の力を抜いた。

信じたっていいではないか。結衣菜は生きている、と。言霊《ことだま》には力が宿る。大丈夫だと自分に言い聞かせれば、本当に大丈夫だと思えるように、無事を信じることは無駄ではないと思う。

「俺も訊きたいことがあって、ここに来ました。昨日、刑事さんから結衣菜先生のことを聞きました。俺も結衣菜先生が自分の意思で行方をくらますなんて思えません。なにか悩んでいる素振りはなかったんですか？」

顔を見合わせたあと、口を開いたのは結衣菜の母親だった。

「あの子ね、四月に入ってお付き合いしていた人と別れたばかりだったの。当初は塞《ふさ》ぎ込《こ》んでいたけど、ひと月程で以前のように戻って。だから私たちは立ち直ったんだと思っていたのだけれど……」

「そういえば、俺も付き合っている人がいるって聞いてました」

「もしかしたら、私たちに気を遣っていただけで、本当はまだ吹っ切れていなかったのかもしれないわ。でも、無断で家を空けるような子じゃないの……。だから……」

泣き崩れた結衣菜の母親のか細い肩を、父親が支えるように片腕で抱き締める。憔悴《しょうすい》しきっている彼らに追い打ちをかけてはいけないと思いながらも、ここで訊かなければ知ることはできないのだと、尊は自分を叱咤《しった》し口を開いた。

「恋人って、どんな人ですか？　落ち込んでたってことは、結衣菜先生が振られたんですよね？」

「……ああ。まだ私たちは会ったことはなかったが、月岡高校で教師をやっていると聞いていた」

まさか。大淵の言葉が脳裏を過る。それに警察が学校を訪れていたことも。尊は逸《はや》る心を宥《なだ》め、口を開いた。

「あの、相手の名前をご存じですか？」

「須藤さん、といったかしら」

尊が通う高校で、須藤という苗字の教師は担任しかいない。恋人がいたとは知っていたが、その相手がまさかこんなに近くにいたなんて思いもしなかった。

「……はじめて聞きました」

「君は男の子だからね。恋人の話は言い出し辛かったんじゃないかな。他の教え子の女の子とは、よく彼氏の話で盛り上がっていたそうだ」

尊は身の内でざわめく感情に蓋をして、結衣菜のことについて彼女の両親と色々な話をした。尊の他に二人ほど生徒を受け持っていたせいで、休みが一日もなかったこと。受験のシーズンが終わってしまって、暇だと愚痴っていたこと。できるなら、自分も高校生からやり直したいとぼやいていたことも——。

気付けば二時間が経っていた。さすがにこれ以上は長居できないと、尊は蒼一郎に連絡して、田戸家を辞した。また来てね、と社交辞令ではなさそうな言葉と、結衣菜の母親の手作りだというクッキーをお土産にもらって。

「どうだった？」

「俺の担任が、クズ野郎だということがわかりました」

後部座席に乗り込んで、ここ数日で癒やしと化してしまった珠子をぎゅっと抱き締める。その際に、さり気なく耳を塞いだ。こんな話は子供に聞かせるものではない。バックミラー越しにこちらを見ていた蒼一郎はアクセルを踏みながら、「収穫はあったみたいだな」と告げる。

「結衣菜先生とうちの担任が四月まで付き合ってたんです。だから警察が学校に来てたんですよ」

「元交際相手に聞き込みに来たってわけか」

「そうだと思います。それにうちの担任は校長の紹介で知り合った女性と、一ヶ月ほど前に婚約したばかりなんです。二股してた可能性だってありますよね」

出会って即婚約なんて話は珍しい。おそらく、結衣菜と付き合っているにもかかわらず、他の女性と見合いをしてそちらに鞍替《くらが》えしたのだ。そんな男と早めに別れられてよかったと思うが、恋人を信じていただろう結衣菜の心情を考えると苦いものが込み上げてくる。

「俺は見たことないけど、婚約者の女性は学校にも来てたみたいですよ。名前は確か、西之宮……なんだっけ？」

「美貴子」

「あ、そうです。って、どうして由良さんが知っているんですか？」

返ってきた言葉に驚いて、尊は車を運転する蒼一郎を見やった。

「なるほどな。道理で菖蒲が動くわけだ」

「知り合いですか？」

「いや。知り合いではないが、顔を合わせたことは何度かある。なにより、その名前は弁護士時代によく耳にしていたからな」

どういう意味か訊ねようとした時だった。

尊のスマートフォンが着信を知らせる。

「え、須藤先生……？」

画面に表示されたのは、ちょうど話題となっていた須藤耀次の名前だった。

「担任か？」

「はい」

「俺にも聞こえるよう、スピーカーにしろ」

「わかりました」

蒼一郎はウインカーを出して、路肩に停車する。尊はスマートフォンをスピーカーモードにして、通話ボタンをタップした。

「はい、秋都です」

『須藤だ。今、ちょっといいか？』

「大丈夫です」

本当は結衣菜のことを問い詰めたかったが、そんなことはおくびにも出さずいつも通りの口調で応じる。

『実は、警察の人が秋都のところに行くかもしれないんだ』

「もう来ましたよ」

『……そうなのか？』

「はい。家庭教師の先生の件で。須藤先生はどうしてそれを知ってるんですか？」

『刑事さんから連絡を受けてね。もしかして、ショックを受けるかもしれないからフォローしてあげてほしいって。どんなことを訊かれたんだ？』

須藤はすでに、尊と結衣菜の関係について知っているのだろう。もしかしたら、結衣菜からなにか聞いていた可能性もある。端《はた》から聞けば普通の会話だが、尊にはこちらに探りを入れているように思えた。

さて、どう返答すべきか。言葉を選ぶようにして、慎重に答える。

「田戸結衣菜先生――家庭教師の先生が行方不明になっているから、心当たりはないかと訊かれただけです」

『秋都は、心当たりないのか？』

「……それ、須藤先生に言う必要あります？」

沈黙。おそらく、どう答えればいいのか迷っているのだろう。

『いや、気を悪くしたらごめんな。先生もちょっと気になってて』

蒼一郎が手帳を開いて見せた。そこには、「恋人だったからですか」と書いてある。棒読みにならないように気をつけて、尊は文字を読み上げた。

「恋人だったからですか？」

『……刑事さんから聞いたのか？』

また蒼一郎が手帳に書く。

「結衣菜先生から聞きました。須藤先生に一方的に振られたって」

『なにを聞いたか知らないが、彼女とは互いに納得して別れたんだ』

嘘つけ、と尊は心中で呟いた。

と、離れた場所から須藤を呼ぶ、甘ったるい女性の声が聞こえる。どうやら婚約者と一緒にいるらしい。

『ああ、ちょっと待ってくれ――』

保留音が流れ、尊はスマートフォンから耳を離した。それに「どうした？」と、蒼一郎が顔を向ける。

「婚約者に呼ばれたみたいですね」

「一緒にいるのか？」

「声が聞こえませんでした？」

スピーカーにしていたので、蒼一郎にも聞こえたと思ったのだが。すると蒼一郎は考え込む素振りを見せたかと思うと。

「すぐこの男を呼び出せ。そうだな……田戸結衣菜のことで話があると言えば、嫌とは言わねぇだろう。ああ、その際に、行方を知っていると仄《ほの》めかしておけ」

と、告げた。

「なにかわかったんですか？」

「だいたいな」

「教えてください！」

「面倒臭ぇ。どうせついてくればわかることだ」

むっとしたが、須藤が戻ってきてしまったので、それ以上の追及は憚《はばか》られた。もやもやした気持ちを抱えながら、尊は須藤に会う約束を取りつける。蒼一郎に言われたように告げれば、即答だった。その間に、蒼一郎はスマートフォンでメールを作成し誰かに送っているようだった。

「二時間後、須藤先生のアパートの近くにある公園で会うことになりました」

「じゃあ、こっちも準備するか」

「はあ……?」

「行くぞ」

有無を言わせぬ口調で告げた蒼一郎は、再び車のアクセルを踏み込んだ。そういえば珠子は、と隣を見れば、尊に寄り掛かりながら夢の中を漂っている最中だった。道理で大人しいわけだ。いや、珠子は普段から大人しいけれど。

楽なように体勢を変え、珠子の頭を太腿《ふともも》に乗せる。前を向けば、バックミラー越しに「膝枕だと……」と怒りを滲ませた蒼一郎と目が合った。

住宅地の真ん中にある公園には、前日に降った雨のせいで地面がぬかるんでいるためか、子供を遊ばせる親の姿はなかった。今のところ、尊たち以外に人の姿は見当たらない。穏やかな日差しの中、清涼感のある風が吹き抜ける。

「珠子……珍しく、ぐずってましたね」

さすがに子供は連れてこられないので、珠子は近所で骨董屋を営む蒼一郎の幼馴染《おさななじ》みの家に預けられていた。蒼一郎に出掛ける用事がある時は、よく預かってもらっているらしい。その際、寝起きの珠子がぐずって、尊の腕を離さなかったのだ。そう、父親ではなく尊の腕を。

ものすごく気まずかったなぁ、と尊は遠くを見る。なによりも嫉妬まみれの蒼一郎の視線が痛かった。

「ああ、来たみたいだな」

蒼一郎がぽつりと漏らした。顔を向ければ、公園の出入り口に須藤らしき人物の姿が見えた。

「え」

尊は信じられないものを見た。

須藤の後ろに、くろすけがいるのだ。

どうして、学校にしか現れなかったはずのくろすけがこんなところに。とっさに蒼一郎の着物の袖を摑み、後ろに一歩、下がる。

「どうした？」

「どうしよう、由良さん。あいつが、くろすけがいる……」

「くろすけ？」

「ゆ、幽霊って言っていいのかな。真っ黒な影の塊っていうか、ひっ、なんか表面がもごもごしてる……！」

「黒い塊……ああ、お前にはそう見えているんだな」

許されることなら、今すぐにでも逃げたい。

逃げ出したいけど、蒼一郎や須藤をほっぽり出すわけにもいかない。ジレンマに苛まれているうちに、須藤の隣にぴたりとくっついているくろすけは、どんどん尊たちへと近付いてきた。

くろすけから目が離せない。

だって気付いてしまったのだ。

遠くから見ていただけだったので、その正体について尊はわからなかった。

「酷い……」

酷い。それ以外に、言葉が出ない。

黒い塊から、幾つもの小さな手足が生えていた。辛うじて手足とわかるそれは、赤子よりもさらに小さい――胎児のものだ。よく見れば、さらに小さな目と口、耳もあった。それが無秩序に散らばっている。

あ、と尊は呟いた。

髪だ。

黒く見えていた部分は、人間の頭髪だった。以前、駅の線路に絡みついていたものとは比べものにならないくらい大量の髪が、ぞろりぞろりと表面でのたうっている。

どうしたら、こんなものができるのだろう。

「携帯のカメラでそのくろすけの写真を撮ってみろ。正体がわかるぞ」

よくわからなかったが、須藤がこちらに辿り着く前に、くろすけに焦点を当ててスマートフォンのカメラで撮影する。画面を覗いて、尊は自分の目を疑った。映っていたのは、須藤と腕を組む、化粧の派手な女性だったのだ。くろすけの姿はどこにもない。

「え……じゃあ、あの塊の中に、この人が？」

そう言われてみれば腑《ふ》に落ちる。

須藤の婚約者、西之宮美貴子はよく学校に来ていたというが、尊は一度もそれらしい女性を見たことはなかった。それもそのはず。西之宮に纏《まと》わりつく黒い靄のせいで、中身まで見えていなかったのだ。

「この女が口にした言葉を、気付かれないように俺に教えろ」

「構いませんけど、どうしてですか？」

「雑音が多くてな」

意味がわからず聞き直そうとしたが、その前に須藤たちがやってきてしまった。込み上げてきそうになる胃液を堪え、尊は須藤に向き直る——できるだけ、くろすけには目を向けないようにして。

「ごめんな。どうしても、こいつがついて来るって聞かなくて」

「あら。私だって、田戸さんの行方は気になるもの」

くろすけから女性の声が聞こえた。やっぱりあの中にいるのか、と尊は顔を顰める。

「ところで、この人は？」

「はじめまして。私は秋都君の知り合いの、由良蒼一郎と申します」

思わず二度見した。

この時ばかりは、くろすけへの恐怖心も吹き飛んでしまったくらいだ。

敬語使えたんですね、と尊は心中で茫然と呟く。さすがに弁護士として働いていた時期もあったので、いつもの傲岸不遜《ごうがんふそん》な態度で接客していたとは思わないけれど。電話する際に声音《こわね》が変わる人はよく見るが、ここまでがらりと態度が変わるとまるで別人のような印象を受ける。

物腰の柔らかな態度に、須藤も慌てて頭を下げた。一方、くろすけの中から「由良蒼一郎……」と、なにかに気付いたような声が漏れる。尊は小声で、「由良さんのこと知ってるみたいですよ」と伝えた。

「そちらの西之宮さんとは、お目に掛かるのはこれで三度目でしょうか。お久しぶりですね」

「そうなのか？」

　須藤が意外そうに訊ねる。

「……ごめんなさい。私は記憶にないわ。他人の空似ではなくて？」

　否定はするが、その口調は固かった。尊は、「他人の空似じゃないかって」と早口に伝える。蒼一郎は意外そうな表情を浮かべ、目を細めた。

「おや、そうでしょうか。あなたとは一度、お父上が主催したパーティーでお目に掛かっていたはずですよ。二度目は――裁判所の廊下でしたね」

　これには尊だけでなく、須藤もぎょっとしたようだ。蒼一郎は元弁護士だからわかるが、西之宮はどうして裁判所に行ったのだろう。

「須藤さんは初耳のようですね。なにも話していらっしゃらないんですか？」

「余計なことは言わないでくださる？」

「余計なこと言うなって」と、尊は蒼一郎に伝えた。心なしか、くろすけの表面が波立った気がする。尊はそれに触れないように、さりげなく距離を取った。

「夫となるのですから、彼も知る権利があると思いますよ」

「それよりも、田戸結衣菜さんの居場所について話してくださる？　別れたとはいえ、元恋人ですもの。耀次さんも心配しているの」

蒼一郎の言葉を遮るようにして、西之宮は自分の要求を口にした。さすがに須藤も訝しげな眼差しを西之宮に送っている。尊が台詞をそのまま伝えると、蒼一郎は唐突に笑みを消した。

「知ってどうするんだ？　ああ、よりを戻されちゃ困るもんな。今までのように、監禁して暴行するつもりか」

真っ先に反応したのは、須藤である。西之宮――尊にはくろすけにしか見えないが――に向かって、「どういうことだ？」と問い詰める。

「婚約する女性の経歴くらい、調べておいた方がいいぞ。その女は三件の傷害罪で告訴された過去がある。そのどれもが、想いを寄せた男と付き合っている、もしくは結婚している女性への暴行と脅迫。うち一件で、妊娠していた女性を同意も得ず、自身の父親の息が掛かったクリニックに連れ込み、強制的に堕胎させてる」

暴行。

堕胎。

全身に絡みつく、髪。

表面で蠢く胎児。

それらが、ようやく一つに繋がった。彼女を覆《おお》っているのは、暴行を受けた女性たちと、命を奪われた赤子の怨念だったのだ。息を吞んで、尊は蒼一郎を見た。

「どうして、この人はここにいるんですか？　訴えられたら、有罪判決を受けて刑務所に入れられますよね」

「普通だったらな。その女は父親の権力と金銭で、むりやり示談に持ち込んだんだよ。お陰で、こちらの業界では有名人だ」

須藤はなにも言えずに啞然《あぜん》としている。まさか自分の婚約者がそんな経歴の持ち主だったなんて、思ってもみなかったのだろう。

「そろそろ反省して、自分の行いを悔い改めた方がいいぞ。あんたはあまりにもたくさんの恨みを買っている。聞こえないのか？　あんたに殺された、赤ん坊の声が」

そう言って蒼一郎が取り出したのは、尊が借りた携帯用のボイスレコーダーだった。実は会話がはじまる前に、着物の袖に仕込んでおいたボイスレコーダーの録音スイッチを、蒼一郎が押していたのである。

「ほら。会話にまじって聞こえるだろ。あんたの声が搔き消されるくらい」

再生したボイスレコーダーから聞こえてきたのは、つんざくような赤子の泣き声だった。蒼一郎と須藤が会話している間、ずっとその声が狂ったように響き続けている。二人の会話が一言一句変わらないため、細工したのだろうという指摘は通用しない。

「うわぁ、よく録れましたね」

「仕事で使うために、祓《はら》い屋から買った特殊なやつだからな。これで使えなかったら、不良品として返品していたところだ」

祓い屋ってなんだろう、と尊が首を捻っていると、西之宮が叫んだ。

「私を怖がらせようとしても無駄よ！」

そして、西之宮から離れようとした須藤の腕を、逃がさないといわんばかりに抱え込む。

「耀次さん、信じないで。きっとボイスレコーダーに細工したんだわ。それにこの人の言葉もでたらめよ。確かに私は訴えられたけど、冤罪《えんざい》なの。だってどの裁判でも、相手が訴えを取り下げたもの。きっと田戸さんに、あることないこと吹き込まれたんだわ」

「結衣菜先生が嘘をつくわけないだろ」

尊は思わず言い返した。

すると、くろすけが蠢いた。

ぞわり、ぞわり。

表面が波打つように起伏する。

「……やっぱり、あの女の居場所を知ってるのね？」

「こ、こっちに来るな」

「教えなさい。あの女はどこにいるの！」

あ、まずい。

触れたら、駄目なのに。

脳裏に、小学校時代の悪夢が蘇《よみがえ》る。

幽霊が見えることを証明してみろと言われ、連れて行かれた先は体育館の用具室だった。幽霊の目撃情報がよくある場所で、尊もそこで何度か床を這い回る上半身だけの女性を見たことがあった。

嫌がる尊を、クラスメイトたちは用具室に突き飛ばした。その先に、あれがいた。触れた瞬間、金切り声が響いて、窓ガラスが割れた。大きく膨れあがったように見えた幽霊が、飛び跳ねるようにして外に消えて行った。

問題だったのは、それを尊以外のクラスメイトたちが目撃していたことである。

尊が触れた直後から見えていたのだ、普通の人間の目にも。

そして、もう一つ。

翌日、学校で飼育していた三羽のうさぎが死んでいるのが発見された。うさぎ小屋は、用具室の窓から出た延長線上にある。まるで嵐が通り過ぎたかのように、うさぎ小屋はめちゃくちゃに壊されていたのだという。

自分のせいだ。

自分が、それに触れたせいで――。

過去のトラウマからか、逃げなければ、離れなければと思っているのに、足が地面に縫いつけられたかのように動かなかった。視界いっぱいに広がる、黒い闇。そこに蠢く、小さな手足、目、口、目、目、目、目、口、耳――。

突風が吹いた。

目の前にあった闇が忽然《こつぜん》と消え、怒りに顔を歪《ゆが》ませた女性――西之宮美貴子の姿が露《あら》わになる。

「え？」

茫然とする尊の耳に飛び込んできたのは、須藤の悲鳴と、「尊！」と切羽詰《せっぱつ》まった蒼一郎の叫び声である。

彼らの視線を追って、頭上を見た。

場違いなほど真っ青な空を背景に、巨大な黒い影が浮かんでいた。

それはじょじょに胎児の形を取っていき、西之宮に向かって手を伸ばす。

楽しそうに歪められた唇、その奥には、無数の瞳が蠢いていた。

「ひっ、嫌、嫌ぁ……！」

腰が抜けてしまったようにその場に座り込んだ西之宮に、それは覆い被さるように雪崩《なだ》れ込《こ》んで――消えた。

何事もなかったかのように、辺りは静寂に包まれていた。

「大丈夫か？」

「由良さん……」

伸ばされた手が、無事を確認するように尊の顔や肩に触れる。その温かな感触に、尊は強張っていた体から、力を抜いた。

「ごめんなさい。あれ、たぶん俺のせい」

「どういうことだ？」

「霊に触れると、ああなっちゃうんです」

「俺にも見えたってことは、普通の人間の目に映るようになるってことか。霊が実体化するわけだ。あれは成仏したのか？」

「たぶん、まだいると思います」

成仏、もしくは消滅してくれればこの能力にも使い道はあったのだが、体育館倉庫の幽霊は数日も経てば元に戻っていた。だから西之宮も、時間が経てばまたくろすけの姿に戻るだろう。

溜息をつく。本当に面倒な体質である。見えるだけならば、ここまで苦労はしなかったのに。

「……気味が悪いでしょ？」

誰にも――親にさえも言えなかった、秘密だ。

幽霊を見たことがある、霊感が強い、と言う子は友達の中にも何人かいた。でも、尊のように触れるだけで霊を実体化させてしまう子供は一人としていなかった。小学生の時は体育館倉庫でのことが衝撃的すぎたせいか、尊の仕業だと気付かれないまま、噂もいつの間にか立ち消えていた。もしも本当のことに気付かれていたらと思うと、未だに生きた心地がしない。

「別に」

顔を上げれば、そこにはいつものように気怠げな雰囲気を漂わせる蒼一郎が立っていた。目を見ても、嫌悪や畏怖《いふ》の色は微塵《みじん》も感じられない。あまりにも平然としているせいで、逆に尊の方が動揺してしまったほどだ。

「驚きはしたがな。それにお前のお陰で、彼女も悔い改めそうだぞ」

「え？」

見れば、地面に蹲《うずくま》った西之宮が震えながら、「ごめんなさい、ごめんなさい」と、ひたすら謝罪を繰り返していた。少し離れた場所では気絶した須藤が転がっている。

「あ、そうだ。結衣菜先生は？　もしかして、こいつが先生を攫ったんじゃ……」

「田戸結衣菜は無事だ」

「無事なんですか！」

「ああ」

蒼一郎が断言するのだから、なんらかの確証があるのかもしれない。そうか、無事なのか。尊が安堵に胸を撫で下ろしていると、公園の入り口に一台のパトカーが停まり、眉間にこれでもかと皺を寄せた椿が降りてきた。

「時間ぴったりだな」

「連絡しておいたんですね」

「あいつらは、ずっと西之宮美貴子をマークしていたようだからな。通報して事情を説明するより手っ取り早い」

だから県警に勤める椿が、わざわざ結衣菜の件に出てきたのか、と尊は納得した。おそらく今までの事件同様、西之宮が結衣菜を誘拐したと思っていたのだ。

謝罪し続ける西之宮と、気絶する須藤という奇妙な光景に困惑する椿。きっと蒼一郎が上手く——適当にとも言うが——説明してくれるだろう。疲れた尊は、少し離れた場所にあったベンチに腰を下ろした。


西之宮はあっさり白状したらしい。椿が、「今までの苦労はなんだったんだ！」と憤《いきどお》るほどである。出るわ、出るわ、余罪の数に実刑判決は免れない、と彼女は言っていた。ちなみに蒼一郎は、西之宮が渋るようならこれを聞かせるといいぞ、と例のボイスレコーダーを椿に渡していた。

あんな風に怨念に纏わりつかれている人間は、街中でもたまに目にする。だがしかし大抵は腕や足、もしくは体の一部にくっついている程度で、中身が見えないほどというのははじめてだった。

もしかしたら、西之宮美貴子はそういうものを惹きつける体質だったのかもしれない。見えないってことは幸せだよな、と尊はしみじみ思ったほどだ。彼女が見える人間だったら、発狂せずにはいられなかっただろう。

あの日からちょうど一週間。

尊は、結衣菜と一緒にゆら心霊相談所を訪れていた。

「はじめまして。田戸結衣菜です」

「由良蒼一郎だ」

通された和室で、結衣菜と蒼一郎が挨拶《あいさつ》を交わす。今回もまた、珠子が意気揚々と持ってきたペットボトルのお茶が人数分、テーブルに並んでいた。その当人はペットボトルを運び終えたあとで船を漕《こ》ぎはじめたので、別室でお休み中である。

背中まである髪をシュシュでまとめ、白いワンピースにピンクのカーディガンを着た結衣菜は、尊の記憶にある姿よりも一回りほど痩せていた。とはいえ心配するほどではなく、結衣菜の凛とした美しさは少しも損なわれていない。元気な姿に、尊も胸を撫で下ろした。

「尊君から聞きました。由良さんのお陰で、西之宮さんが逮捕されたって」

「まあ、成り行き上、そうなったというだけだな」

「それでも、由良さんたちのお陰で、私はこんなに早く家族の元に戻って来られたんです。尊君もありがとう」

面と向かって礼を言われた尊は、気恥ずかしさに頬を赤らめた。ニヤニヤとからかうような視線を送ってくる蒼一郎をひと睨みして、尊は結衣菜に向き直った。

「でもまさか、結衣菜先生が自分の意思で失踪したとは思いませんでした」

結衣菜は眉尻を下げ、どこか申しわけなさそうに微笑んだ。彼女が自宅に戻ったのは、西之宮が逮捕されたというニュースが全国版で流れた翌日だった。そこで両親から、尊が心配して訪ねてきたことを知ったらしい。

「由良さんは気付いてましたよね。結衣菜先生が無事だって、どうして確信できたんですか？」

「気付いたのは、西之宮美貴子に会ってからだ。今までのことを鑑《かんが》みれば、あの女は絶対に田戸さんと接触しているはずだった。また同じようなことをしでかしたんだろうと思って、証拠となる発言を引き出そうと思ったんだよ。だが、田戸さんの行方を気にする素振りに違和感がなかった。ほら、異常なほど行方を聞き出そうとしてただろ」

「そういえば……」

「だから、なにか仕掛ける前に逃げられたんだと思ったんだよ。そこまでわかれば、あとは簡単だ。田戸さんがお前と同じように、見える人間だと聞いていたからな。西之宮に会って、平然としていられるわけがない」

「あ、そうか」

体が見えなくなるくらい、西之宮美貴子は黒い靄で覆われていたのだ。そういった気配に敏感な結衣菜が気付かないはずがない。

「当たりです。逃げなきゃって、それだけしか頭にありませんでした。ちょうど実家で不幸があって、帰省する友達がいたんです。遠いけど車で帰るって聞いていて、その子にお願いして同行させてもらいました。事情を話したら、情報を集めてくれて……それで西之宮さんの経歴を知って、自分の行動は間違ってなかったと確信しました」

結衣菜は微笑んで、愛おしげに自身の腹部を撫でた。そこには微かにではあるが不自然な膨らみが見てとれる。

「何ヶ月なんだ？」

「五ヶ月です」

ようやく安定期に入りました、と穏やかな表情を見せる。腹部に手を添えたまま、結衣菜は話を続けた。

「友達も絶対に戻らない方がいいって言ってくれたんです。その好意に甘え、彼女の実家でお世話になっていました。本当は両親に無事を伝えたかったんですけれど、どこから私の居場所がばれるかわからなくて……。警察にも相談できませんでした」

「賢明だったな。西之宮は必死になって、あんたの行方を捜していたようだ。妊娠していることを須藤が知ったら、あんたとよりを戻すんじゃないかと危惧していたのかもしれないな」

「よりを戻すことなんてありませんよ、絶対に」

結衣菜は実にいい笑顔で、きっぱりと言い切った。どうやら未練の欠片も残っていないらしい。尊はこっそり、胸を撫で下ろす。一人で子供を育てるのはたいへんだが、須藤と結婚していたら、女性関係でこれからも苦労させられていただろう。

「不躾《ぶしつけ》だが、子供を堕《お》ろそうとは思わなかったのか？」

それは尊も思ったことだ。出産ともなれば、大学を休学することにもなるだろうし、なにより両親がいるとはいえ、女手一つで子供を育てるのは大変なことである。質問に気分を害した様子もなく、結衣菜は落ち着いた口調で答えた。

「思わなかったと言えば、嘘になります」

でも、と言って、なぜか彼女は尊に顔を向けた。

「尊君も、あれを見たんだよね？　西之宮さんに纏わりついてた、靄のようなもの。その中にね、見えたの。小さくて、真っ白な手が。あれは赤ちゃんの手だった」

結衣菜が必ずしも尊と同じ光景を見たとは限らない。話を聞く限りでは、尊ほどはっきりと見えてはいないが、それでも西之宮に纏わりつく怨念の一部は彼女の目にもしっかり映っていたようだ。結衣菜は再び蒼一郎に向き直った。

「もしもここで堕胎したら、この子もああなってしまうかもしれない——そう思ったら、産む以外に考えられませんでした。もちろん、子供を育てることがどれだけ大変かは知っています。大学だって、休学することになるでしょうし、これからはきっと苦労の連続かもしれません。でも、暗いことばかり考えて塞ぎ込んでいてもしかたないと思いませんか？　私はできるだけ前を向いて、顔を上げて生きていきたい。そして、この子にもそんな風に生きてほしい。そう思ってます」

結衣菜の決意ある言葉に、蒼一郎はゆっくりと頷いた。それから一枚の名刺を手渡す。

「これは……」

「俺の知り合いで、離婚関係の依頼を専門に扱っている弁護士だ。困ったことがあれば訪ねてみるといい」

「ありがとう、ございます……」

結衣菜の声は震えていた。別れたとはいえ親権や養育費の問題もあるだろうし、須藤が認知を渋る可能性だってある。その場合は、蒼一郎が言ったように弁護士に依頼するのが一番だ。蒼一郎のこういうところは、ずるいと思う。当人が不安に思っていることに気付いて、さりげなく手を差し伸べてくれる。尊だって、その優しさに泣かされてしまったくらいだ。

「ああ、そうそう。一つ訊きたいことがある」

「なにか？」

「こいつの秘密を誰かに話さなかったか？」

忘れてた。そういえば、その話を聞きたいがために尊は結衣菜に連絡を取ろうと思っていたのだ。行方不明というショッキングな出来事のせいで、すっかりイジメを受けていたことを忘れてしまっていた。

「それは……。その……ごめんなさい」

結衣菜は尊に向かって、深々と頭を下げた。

「家庭教師をしていた時に、一度だけ生徒に漏らしたことがあって。もしかして、なにか問題に……？」

「なってないです。大丈夫です！」

胎教に悪そうなので、尊は慌てて否定した。結果的にイジメにまで発展してしまったが、結衣菜にはなんの悪気もなかったのだ。

「それは誰だ？」

「大淵詩織という子です。そういえば、尊君とは同じ高校だったわね」

嘘だ。尊は出掛かった言葉を呑み込んだ。大淵はイジメを受けている尊を心配して、力になれることはないかと親身になってくれていた。瀬川たちが校門で待ち伏せしていると教えてくれたのも彼女だ。

同時に、だが、と思う。大淵は結衣菜から、尊の霊感が強いことを聞いていたにもかかわらず、一切その話を出さなかった。彼女が言動通りに親切な子なのであれば、自分が瀬川たちにそのことを漏らしてしまったのだと謝罪しそうなものである。

なにより――。

「結衣菜先生。大淵は、先生が須藤先生と付き合っていたことを知ってるんですか？」

「ええ。携帯の写真を見せたことがあるし、月岡高校に勤務していることも話したと思うわ」

須藤のことを語る際、結衣菜は悲しげに目を伏せた。そうか。やはり大淵は結衣菜と須藤の関係を知っていたのだ。しかし、彼女は須藤の元恋人について話した時、結衣菜の名前は一度も出さなかった。尊が自分と同じ結衣菜の教え子であると知っていたにもかかわらず。それは明らかに不自然だ。

結衣菜は大淵のことを気にしながらも、弁護士を紹介してもらったことのお礼を言って帰って行った。それを門前で見送りながら、尊は溜息をつく。

「なんだ。大淵詩織って子が好きだったのか？」

「違いますよ。親切でいい子だなと思っていたんで、ちょっと信じられないっていうか……混乱してるんです」

「人は嘘をつく生き物だ。口先だけならなんとでも言える」

「……はい」

「しかし、まだわからんことがあるな。なぜ、その女子生徒はわざわざお前の秘密をイジメの主犯格に話したんだ？　それに、なぜそこからイジメに発展したのかも疑問だ。本当に心当たりはないのか？」

「うーん」

　尊は大淵との会話を反芻した。

「瀬川たちのことについてちょっと話したあと、須藤先生の婚約者の話になりました。ちょうど校門のところに、西之宮の車があったから。大淵も目の敵にされていたみたいで、睨まれたとかなんとか言ってました。あとは……あ、そうだ。噂だ」

「噂？」

「須藤先生について、よくない噂が流れてるって。元恋人を捨てて、西之宮に乗り換えたから、そのことについて先生たちの間で、批判的な噂が流れていたみたいです。かわいそうだって、怒ってましたね。須藤先生はなにも悪いことなんてしてないのに、って。たぶんですけど、須藤のことが好きなんだと思います」

「なるほどな。それが原因か」

「え？」

蒼一郎はなにかに気付いたらしい。馬鹿馬鹿しいと言わんばかりの表情で、肩を竦《すく》めてみせる。

「原因がわかったんですか？」

「だいたいな。ところで、尊。お前は現状を打開したいか？」

「もちろんです！」

尊は思わず大声をあげて頷いた。学年主任に話をすれば担任よりはまともに取り合ってくれるだろうが、だからといってイジメが解決するという保証はない。打開できる方法があるのだとすれば、ぜひ聞かせてほしい。

「罠《わな》を仕掛ける」

「罠、ですか？」

「そのためには、お前自身が頑張らなきゃならん。やれるか？」

問われ、一瞬、返答に詰まった。須藤と西之宮を前にした時だって、尊はただ蒼一郎の隣に突っ立っているだけでなんの役にも立たなかった。むりかもしれない。そんな考えが脳裏を過る。

でも、と尊は唇を噛み締めた。

「やります」

悔しかった。瀬川たちになにも言い返せない、弱い自分が嫌だった。挑むように蒼一郎を見返せば、彼の唇が三日月のように弧を描く。

「いい返事だ」

作戦を伝授してやるよ、と言って蒼一郎は門を潜る。尊は期待と不安を込めて、その背中を追い掛けたのだった。

月曜日の放課後。

尊は、大淵詩織を使われていない空き教室に呼び出した。室内には机や椅子、教卓といった備品はなにもない。定期的に清掃されているが、人の出入りがないため室内の空気はどこか埃っぽかった。ここの黒板側の戸の鍵が壊れているのは、生徒たちの間でも有名な話である。

「秋都君。こんな場所に呼び出してどうしたの？」

時刻通りにやってきた大淵は、待っていた尊に対し不思議そうに首を傾げてみせた。大丈夫、きっとやれる、と尊は自分に言い聞かせ、蒼一郎が立てた作戦を何度も反芻。そして、内心の緊張を隠し、平静を装いながら訊ねた。

「聞きたいっていうか、確認したいことがあるんだ」

「なあに？」

「俺をイジメるよう瀬川たちを唆《そそのか》したのは、大渕だろ」

　眉を寄せた大渕は、戸惑うように首を横に振った。なにも事情を知らない者からすれば、大渕が謂《い》われのない言い掛かりをつけられ、傷ついているように見えるだろう。尊だって結衣菜の話を聞かなければ、その演技に騙されていた。

「どうして、そんなこと言うの？　私には心当たりがないわ」

「前にさ、須藤先生の悪い噂が流れてるって言ってたよな」

「それは確かに言ったけど……」

「その噂を流したのは、俺だって思ったんだろ。須藤先生に捨てられた元恋人が俺の家庭教師の先生で、その復讐のためにやったって。だから、瀬川たちを使って俺に嫌がらせした。大渕も須藤先生が好きだったから。違う？」

　大渕は押し黙った。しかし、こちらを睨みつける眼差しが彼女の心情を如実に物語っている。やっぱり、蒼一郎が指摘した通りだった。おそらく、それがイジメがはじまった原因だろうと、彼は言っていた。溜息をついて、尊は首を横に振った。

「俺じゃないよ」

「……嘘。だって、秋都君しかいないじゃない」

「俺が結衣菜先生の教え子だったから？」

「そうよ。聞いてたんでしょう、結衣菜先生の恋人のこと」

「聞いてないよ」

ここではじめて、大淵の表情が――演技ではなく――揺れた。まさか本当に知らなかったとは思わなかったらしい。

「大淵は女の子だから、結衣菜先生と恋愛関係の話題で盛り上がって、恋人の写真を見せてもらったり、名前を聞いたりしてたとは思うけど俺はそんな話したことないし。恋人がいるのは知ってたけど、それは左手の薬指に指輪を嵌《は》めてたのを見たからだ」

「そんな……。じゃあ、誰が須藤先生の噂を流したって言うの？」

「西之宮美貴子がなんでわざわざ高校に来てるか、大淵は疑問に思わなかったのか？」

「牽制のためでしょ」

「そこまでわかってて、どうして気付かないいんだよ。牽制してたんだよ。須藤先生と付き合っていた、別の先生を」

「は？」

さすがの大淵も、これには開いた口が塞がらないようだった。須藤は二股ではなく、よりによって三股もしていたのだ。結衣菜に西之宮、それに職場の教師。それを知っていて、なおも須藤との婚約に頷いた西之宮は、どこかおかしいのではないかと首を捻ったほどである。

　隣の芝生は青いという諺《ことわざ》のように、他人のものほどよく見えていたのかもしれない。そうでなければ、いくら見た目と頭がいいからといって二股も三股もする男を選ぼうとは思えない。

「捨てられた元恋人っていうのは、結衣菜先生じゃなくその先生自身のことを言ってたんだよ」

「な、なんでそんなことを知ってるの」

「結衣菜先生から聞いたに決まってるだろ。結衣菜先生は、西之宮美貴子から聞いたってさ」

　同僚の教師と二股を掛けられてることは知ってたけど、まさか三股までされていたとは西之宮と会うまでわからなかった、と結衣菜は憤慨しつつも苦笑していた。

「勘違いで俺は瀬川たちにイジメられたわけだ。どう責任とってくれるわけ？」

「……どうすればいいの？」

「瀬川たちにちゃんと訂正してくれる？　自分の勘違いでした、って。イジメのこと、けっこう大事になってるから、瀬川たちもなんらかの罰則を受けるとは思うけどな」

　大淵の可愛らしい顔が醜く歪んだ。おそらく瀬川たちは罰を受けることになる。大淵が勘違いしたせいで。でも、その当人は自分たちの背に隠れ、なんの処罰も受けずに済むのだ。はたして利用されたことに気付いた瀬川たちは、彼女をどう思うのだろう。

「わっ、私のせいじゃないわ。だって私は、須藤先生の噂を流したのはもしかしたら秋都君かもしれないって言ったけど、それ以外はなにもしてないもの。秋都君をイジメたのは瀬川君たちよ。あそこまでするなんて、思ってもみなかった」

当然のように、大淵は否定する。ここが正念場だ、と尊は相手に緊張を悟られないように唇を舐《な》めた。西之宮を追い詰めた蒼一郎を思い出せ。腹に一物《いちもつ》を抱えていることを悟られてはいけない。

「大淵って卑怯だよな」

「どうして、そんなこと言うの」

「瀬川たちを使って、自分は安全な場所から高見《たかみ》してさ。挙げ句の果てに、俺に近付いて親切な振りをして」

「酷い……」

とうとう大淵は泣き出してしまった。しかし、尊にはその涙が本物だとは思えない。だって少しも心に響かないから。

「俺が瀬川たちに本当のことを言ったってあいつらは信じない。それがわかってるから、余裕なんだろ」

泣き声が止まった。結局、彼女は反省などしていないのだ。泣いたことで真っ赤になった目には、隠し切れない優越の色が滲んでいる。

　彼女は自覚しているのだろうか。自分の行動が、一人の人間を追い詰めていたという事実を。そして、それを行っていた者たちの経歴にも傷が残るということを。自分が幸せなら、誰が不幸になってもかまわないという考えには反吐《へど》が出る。

「転校を考えてるんだ」

「……え？」

　唐突な言葉に、大淵は目を丸くする。

「瀬川たちに逆恨みされたら嫌だから。私立校で、編入生を受けつけてるとこが何校かある。別にここに拘《こだわ》らなくても、高校を卒業できればなんでもいいし。だから最後に、大淵の本音を聞いておきたかったんだよ」

「………………」

「ボイスレコーダーやスマホは持ってない。警戒して、言葉を選んでただろ」

　大淵は自分が瀬川たちを使って尊を追い詰めようとしたことを頑に認めなかった。たとえ尊が音声を録音していても大丈夫なようにと、考えていたはずだ。

「録音したって証拠にはならないだろ。どうせ大淵が、俺に脅されてむりやり言わされたって泣きながら訴えれば、瀬川たちも信じるだろうし」

　尊の服には声を録音できそうなものは隠されていないし、使われていない空き教室なので、ボイスレコーダーやスマートフォンを隠せるような机もない。ようやく問題はないと判断したのか、大淵は嘘泣きで真っ赤になった目を細めにっこりと微笑んだ。

「ごめんなさい。本当に悪かったと思ってるの。私の敵は秋都君じゃなくて、他の先生だったのね」

「敵？」

「須藤先生を困らせる人間は、私の敵だもの」

「三股する方が悪いと思うけど」

「悪いのは女の方よ。だって須藤先生を繋ぎ止めておくだけの魅力がなかったんだから。私なら、そんなことにはならなかったわ。ふふ。でも、これで須藤先生は自由よね。告白すればきっとオーケーしてもらえるわ。須藤先生はよく私のことを可愛いって褒めてくれるもの。大淵がクラス委員長でよかったって。生徒と教師っていうハードルはあるけど、そんなもの真実の愛の前にはささいなことよ」

　大淵の口からすらすら出てくる言葉に、さすがの尊も唖然となった。どうしてここまで自信を持てるのか。

「……よくそんなに強気でいられるな」

「だって私は可愛いから。秋都君もそう思うでしょう？」

「性格を知らなかったらね」

「瀬川君は可愛いって言ってくれるのになぁ」

拗《す》ねたように唇を尖《とが》らせる大淵に、尊は鳥肌が立った腕を摩《さす》った。

「猫を被った大淵を、の間違いだろ」

さすがにこの本性を知った上でも好きだというのなら、瀬川の好みを疑うところだ。案の定、大淵は肯定するように笑みを浮かべた。

「瀬川の好意を利用したわけだ」

「酷い言い方。私だって、ちゃんと須藤先生のことが好きだっていったのよ。でも、それでも好きだって、私のためならなんでもできるって言うの。だから、ね。私のために罰を受けるんだから、瀬川君も本望だと思うわ」

「それを聞いたら、本人はなんて思うだろうな」

「聞く機会なんてないと思うわ。その方が幸せだもの。それとも言ってみる？　私のことが大好きな瀬川君は、なにを言われたって絶対に信じないけどね」

「本人の言葉なら、信じるしかないんじゃないか？」

馬鹿にするような表情を浮かべた大淵は、「私が言うわけないじゃん。秋都君って馬鹿なの？」と吐き捨てる。

尊は溜息をついた。諦めからくるものではない。もう充分だな、と張っていた気を緩めたのだ。蒼一郎の立てた作戦に不備があるとは思わないが、まさかここまで見事に引っ掛かってべらべらと喋ってくれるとは思わなかった。

「あのさ、俺だって馬鹿じゃない――入って来いよ」

幽鬼のような覚束《おぼつか》ない足取りで教室に入ってきたのは瀬川だった。尊はここに来る前に、瀬川と二人きりで話をした。大淵の思惑も、瀬川が利用されているということも言葉を尽くしたつもりだ。しかし、恋に盲目な男は尊の話を頑なに否定した。むろんそれも予想の範囲内である。

ならば、と尊は隣の教室に身を潜めているように言った。大淵の潔白を証明するためだと言えば、こちらに敵意を持っている瀬川も頷かざるを得ない。これで自白を引き出せなければ困っていたが、大淵が思った以上にぺらぺらと喋ってくれたお陰で作戦は大成功だ。さすがの瀬川も、真実がどちらにあったのかわかっただろう。

唖然とした大淵は、我に返るなり尊を睨みつけた。

「騙したわね！」

「嘘は言ってない。ボイスレコーダーやスマホは持ってないだろ」

瀬川は茫然としたまま、なんの反応も返さない。そりゃそうか、と尊は溜息をついた。彼は大淵に理想を抱いていたはずだ。それを本人の手ずから、ハンマーで粉々に砕かれてしまったわけだから、思考が停止してしまってもむりはない。

「あ、そうそう。転校の話だけど、あれはあくまで考えてるってだけで、本当にするかどうかは決めてないから。まあ、せっかく頑張って入った高校を辞めるつもりはないけどさ。

代わりってわけじゃないけど、須藤先生が学校を辞めるって。三股してたこと、とうとう相手の先生に暴露されちゃったらしいから」

放課後、ここに来る前にイジメについて学年主任の先生に呼び出された際に、職員室で話題になっていたのだ。明日になったら、学校中の噂になっていることだろう。言いたいことを言って、尊は彼らを置き去りに教室をあとにしたのだった。


休みになって、尊はさっそく報告のため由良家を訪れていた。

「大成功でした」

「よくやったな」

「えへへ。もう片方の教室には学年主任の先生たちが待機してましたから、そのまま二人は個別指導されたんじゃないですかね」

あのままだと大淵が、我に返った瀬川から暴力を振るわれる可能性があったので、学年主任の先生たちに事情を話し協力してもらったのである。これも蒼一郎の発案だった。

「これでイジメはなくなったわけだ」

「はい。しばらくの間は、クラスがぎくしゃくすると思いますけどね。担任も替わるだろうし、イジメがあったことについても全員で話し合いをしようってことになってますから」

　居心地の悪さは、もうしばらく続きそうだ。肩を落として、尊はペットボトルをなんとなく手で転がした。よし、と気合いを入れて、蒼一郎に向き直る。

「訊いてもいいですか」

「なんだ？」

「前に、由良さんは霊が見えないって言ってましたよね」

「言ったな」

「でも……聞こえているんでしょう？」

　なぜ蒼一郎にだけ、西之宮の声が届かなかったのか。答えは単純である。尊がくろすけのせいで西之宮の姿が見えなかったように、彼には響き渡る赤子の泣き声のせいで西之宮の声が聞こえなかったのだ。

「須藤と電話していた際にも、聞こえていたんですね」

「…………」

「婚約者の声だけが聞こえなかったから、由良さんは彼女が怪しいと思った」

「……正解だ。俺は、霊は見えないが、声だけが聞こえる」

　なぜか寂しげに笑って、蒼一郎は未だに首に巻かれたままになっている包帯にそっと触れた。怪我をしているんですか、とはなぜか訊けなかった。訊いてはいけないように感じたから。

「おかしいだろう？」

「いいえ！」

尊は否定する。蒼一郎が否定してくれた時のように。

「そういうこともあると思います」

断言すれば、蒼一郎は驚いたように目を瞠ったあと、やれやれとばかりに苦笑した。まさか以前と逆の立場で、同じ台詞を返されるとは思ってもみなかったらしい。

疑問が解消され、次に尊の胸に湧いたのは、寂寥《せきりょう》の念である。イジメの問題はどうにか解決しそうだ。もう尊には、ゆら心霊相談所に通う理由がなくなってしまった。せっかく蒼一郎と珠子に知り合えたのに。

むろん尊が訪ねてくれれば、蒼一郎も追い返したりはしないだろう。珠子だって自分に懐いてくれている。しかしなんの理由もなく、たびたび押しかけるのは失礼ではないか――そう思っているうちに、自然と足が遠のいてしまう気がする。

――もっとちゃんとした繋がりがほしい。

でも、そのための手段が思いつかない。せっかく自分の秘密を怖れず、理解してくれる相手に出会えたのに。

どうしたものかと頭を悩ませていると、蒼一郎に名を呼ばれた。

「尊」

「はい？」

「高校生活は忙しいか？」

唐突な質問に、尊は首を捻りながらも「部活には入ってないんで、試験前でもない限り忙しいってことはないですよ」と答える。

「土日は友人と出掛けたりするんだろう？」

「そういう時もありますけど、毎週はさすがにちょっと」

尊の答えを聞いて、蒼一郎は押し黙った。考え込むように瞼《まぶた》を閉じ、またすぐに開く。そして、真面目《まじめ》な顔で尊に向き直った。

「実は、ゆら心霊相談所ではアルバイトを募集してるんだ。年齢性別は問わず、幽霊が見える人物大歓迎、ってな」

「アルバイト……？」

「年齢性別問わず、幽霊が見える人物大歓迎」

「いや、それは聞きましたって」

バイトとして雇ってもらえたら、またここに来る明確な理由になる。でも、と尊は内心で首を振った。それは同時に、これからも霊と関わっていくことにも繋がる。もしも、この間みたいに霊に触れてしまったら。あの時は被害はでなかったものの、次も同じだとは限らない。

「迷惑を掛けるかもしれません」

「そん時は、そん時だ」

「もしも由良さんや珠子が怪我したら……」

「ぐだぐだうるせぇな。そん時は、そん時だって言ってんだろうが。というか、珠子には絶対に怪我はさせせん！」

バン、と激しい音が鳴るくらい盛大にテーブルを叩いた蒼一郎は、自分でやったくせに痛みに身悶《みもだ》えている。なんかあれこれ考えている自分が馬鹿らしくなってきた。その時は、その時。そう考えた方が、確かに気楽ではある。

「……足手纏《まと》いになるかもしれませんが、よろしくお願いします」

「おうよ」

そこで突然、蒼一郎は思い出したように着物の袖をごそごそ漁《あさ》った。そして小型のボイスレコーダーを取り出す。

「言質《げんち》は取ったぞ」

「……はい？」

「やっぱり止めたなんて言わせないからな。霊が見える上に、一般的な家事能力が備わってる人材をみすみす逃すわけないだろう。むかつくが、珠子も懐いてるしな」

ドヤ顔でこちらを見る蒼一郎に、尊は唖然とした。もしかして、ブラック企業並みに働かされてしまうとか――いや、さすがにそれはないな。そもそも頻繁に依頼があるとは思えない。

「やっぱり、こういう仕事をしていく上で霊が見えないっていうのは大変だからな」

「え、でも、前に〝見えなくてもなんとかなるもんだ〟って言ってませんでしたか？」

「あそこで否定して、貴重な人材を逃がすわけにはいかんだろ」

あっけらかんと前言撤回してみせた蒼一郎は、得意げにボイスレコーダーをちらつかせる。確かにあの時、困ることもあると言われていたら尊は不安でしかたがなかっただろう。

「もしかして、親身になってくれたのは、俺に目をつけていたからだったりします？」

「うちのモットーは、誠心誠意、お客様に尽くします、だ。まあ、下心があったことは認める」

「由良さんが言うと、違和感がありますよね」

「バイト代、削るぞ」

不意に廊下側から足音が聞こえ、いつの間にか起きてきた珠子が和室の戸口に立っていた。こちらにやってきて、座っていた尊のすぐ隣にちょこんと正座する。寝起きで少し潤んでいる大きな瞳が、尊を見上げた。

「……これからも、尊君と一緒？」

囁《ささや》くような声だった。

それははじめて耳にする珠子の声で。

「珠子……」

なぜか父親である蒼一郎が、唖然としていた。

「珠子が喋った……」

「由良さん？」

名前を呼ぶが、蒼一郎は愛娘《まなむすめ》を凝視するだけでなんの反応も見せない。目の前で手を振っても、なんの反応もなかった。これは放っておくしかなさそうだ、と尊は匙《さじ》を投げる。

「話、聞こえてたのか？」

小さな頭が、わずかに上下する。

「アルバイトってわかるか？　お父さんの仕事を手伝うことになったんだ。これからもよろしくな」

こくん、と頷いて、はにかむように笑う。そんな珠子の姿に、「あ、これ天使だわ」と尊は真顔で呟いた。スマートフォンのカメラだけじゃ容量が足りないかもしれない。いずれバイト代を貯めてデジタルカメラを買おう。動画もとれるやつ。

「改めて、よろしくお願いしますね」

石像のように固まって動かない蒼一郎に向かって、もう一度、了承の旨を伝える。心霊相談所のアルバイトというのは、具体的にどんな仕事をするのかわからないが、とりあえず掃除からはじめようかな。

はっと我に返った蒼一郎は、「あー」だの、「うー」だのと奇妙な呻き声を上げたあと、

「便所だ、便所！」と叫び、勢いよく立ち上がって部屋を出て行った。それを溜息まじりに見送って、尊は行儀よく正座している珠子に話し掛ける。

「そうだ。珠子、俺の鞄にうさぎのぬいぐるみを入れただろ。返そうと思ってたんだけど、つい忘れちゃってさ。今度、持ってくるな」

きょとんとした瞳で尊を見上げる珠子が、わずかに首を傾げた。覚えがないのかと問う前に、廊下に蒼一郎の声が響き渡る。

「大事件だ。トイレットペーパーが切れた！　買って来い！」

「換えくらい、常備しておいてくださいよ！」

まったくもう、と呟いて、尊は立ち上がった。その背に掛けられた小さな小さな声は、尊の耳に届くことなく消えた。

「……珠子、うさぎさん入れてないよ」

第二話　啼《な》いた花器

よく晴れた、日曜日の午後一時。

このカンカン照りならば、干したばかりの洗濯物もあっという間に乾くだろう。風情のある日本庭園をバックにはためく大量の洗濯物を眺め、尊はやりきった笑みを浮かべていた。

「壮観だな」

縁側で寝転がりながら庭を眺めているのは、家主の由良蒼一郎である。本日は鶯色《うぐいすいろ》の着物に、黒地の角帯を締めている。首にはいつものように真新しい包帯が巻かれていた。

「セーターが縮んだとか、色移りしたとかは聞いたことありますけど、洗剤を入れないで洗濯機を回していたなんてはじめてですよ」

「スタートボタン一つで、洗剤なんかも自動で投入されるものだと思ってたんだよ。〝全自動〟って洗濯機に書いてあったから」

「そんなハイテクな洗濯機はありません」

確かに、全自動洗濯機という名を冠してはいるが、そこまで完璧さを求められたらメーカー側も困るだろう。

「せめて説明書を読みましょうよ」

「説明書は読まなくてもわかると思って、捨てた」

「その自信はどこから来るんですか……」

彼の娘、珠子がジュースをスカートに零してしまったことが、すべてのはじまりだった。染みになる前に洗濯してしまおうと、スカートを洗濯機に入れたところで尊は気付いた。洗濯用洗剤が見当たらないのだ。柔軟剤や漂白剤もない。ちょうど使い切ってしまったのだろうかと蒼一郎に訊ねたところで、彼の思い込みが発覚したのである。

しかし、問題はそれだけではなかった。

着替えを用意するために、二人の衣類が一緒に入っている簞笥《たんす》を開けた尊は唖然とした。一応、畳まれてはいるがワイシャツやポロシャツはどれもしわしわで、セーター、ジャケット、スラックスにはどれも大量の毛玉ができていた。どうやら乾燥まで済ませてしまったらしい。

珠子の服は皺になりにくいものが多かったこともあり、被害は三分の一程度ですんだのがせめてもの幸いである。

洗濯の前に着られるものと着られないものの選別を終え、着られるものはタグを確認して洗濯方法別に選り分ける。そのあとは、ただひたすら洗濯機を回すのみ。乾燥機能つきの洗濯機ではあるが、量が量なので干した方が早いと、物置にしまってあった物干し台を取り出し、中庭の空いているスペースに洗濯が終わったものから順次、干し続けた。一ヶ月分の洗濯物を一度にやっつけたような気分である。

「手慣れてるな」

「いつもは母がやってますけど、忙しい時なんかは押しつけられます。うちは両親が共働きなんで、俺もできる範囲で家事に加わらないと大変なんですよ」

さすがに高校受験の際は頼まれたりしなかったが、それが終わったら、メールでことあるごとに〝お願い〟をされる回数が増えた。お小遣いの他に携帯代も親持ちという現状下。突っぱねることはライフラインの切断に繋がりかねないため、尊に拒否の二文字はなかった。

「ところで、ちゃんと手順は覚えましたか?」

「おうよ。ちなみにアルバイト業務には、〝雑用〟という項目がある」

「俺が来られるのは土日なんで、さすがに五日も洗濯物を放置しているとカビが生えますよ」

ゆら心霊相談所でアルバイトをすることになってはや二週間。はじめての仕事が洗濯だなんて、職務内容が違うんじゃないかと訴えたくなってしまう。

――せっかく両親が許可してくれたというのに。

むろんはじめは、そんな怪しげな場所で働くなんてと反対された。

しかし、クラスで起こったイジメや、それを解決するきっかけをくれたのが蒼一郎だったことを話すと、父と母にも迷いが生じたようだった。なにより、一人息子がイジメに遭って苦しんでいたことに気付けなかったという負い目――尊は打ち明けられなかった自分が悪いと思っているが――があったようで、最終的には蒼一郎と直接会って、許可するかどうか決めることになった。

蒼一郎は快諾してくれたのだが、尊には一抹《いちまつ》の不安があった。蒼一郎のずぼらな性格と、それを体現したような外見だ。ぼさぼさの髪に剃《そ》り残《のこ》しの目立つ無精髭。仕立てのいい着物を着ていたとして、どこまで両親の不信感を取り除けるか。

アルバイトについてはやりたい気持ちも強いので、蒼一郎にはぜひとも頑張ってもらいたいところである。せめてぼさぼさの髪の毛をどうにかして、無精髭を剃って、愛想をよくしてくれたら――そこまで考え、もはや別人を連れて来た方が早いのでは、と尊は溜息をついた。

しかし、そんな不安は、どうあっても霊の見えるアルバイトが欲しい蒼一郎の本気によって霧散することになる。

髪を適度に整え、無精髭を一片も残さず丁寧に剃り上げた蒼一郎は普段の怠惰な姿など微塵も見せず、弁護士時代に鍛えられたであろう弁舌を駆使した。結果、尊の両親はものの見事に懐柔された。母の目が少しばかりハート形になっていたような気がしないでもない。それでも父は渋っていたが、蒼一郎自身が、息子と似たような能力を持っているという部分が決め手になったようだ。最終的には、学業に支障がない範囲で、という条件付きでアルバイトは許可された。蒼一郎は詐欺師でも食っていけるのではないかと思ったほどである。

親の許しも得たということで、尊は蒼一郎と雇用の条件について話し合った。依頼がないのに出勤しても意味がないため、基本的に出勤日は依頼があった週の土日ということで話はまとまった。時給は少なめだが、依頼が解決した際には臨時のボーナスを出してくれるらしい。

ようやく蒼一郎からお仕事メールを貰って、意気揚々とやってきたというのに。まさか午前中を費やして洗濯物を処理する羽目になろうとは。

「でも、着る服がないから着物を着ていたなんて思いませんでしたよ」

「伯父が着物を好んでいてな。一年前に亡くなったとき、遺品として譲り受けたんだよ。しまったままにしていたが、まさかこんな形で役に立つとはな」

「着物を洗濯機で洗おうとは思わなかったんですね」

「伯父から一通り教えられたんだよ。手洗いできるものも多かったからな。着物の場合は、漂白剤が入っていない中性洗剤を薄めて使うんだぞ。ぬるま湯で優しく押し洗いするのがコツだ。ちょうど洗剤が切れていたから、実は着物も溜まっていて……」

「洗いませんからね」

「チッ」

舌打ちする蒼一郎に、尊は呆れ気味に肩を竦めた。忙しくてどうしても洗濯まで手が回らないというのであれば考えるが、面倒だからという理由で押しつけられるのはごめんだ。

「これが乾いたら、アイロンをかけてくださいね。ワイシャツは特に」

「……アイロン」

「さすがに知ってますよね？」

「当たり前だ。名前と形状ならわかる」

あ、これも洗濯機同様、使い方を教えなければならないパターンだ。家事を一通り手伝っていてよかったと、尊は心から母に感謝した。

「押し入れの中にアイロンがあったんで、洗濯物が乾いたら教えます――あ、お帰り珠子」

半袖シャツにジャンパースカートを着た珠子が、ひょこっと縁側に姿を見せた。洗濯カゴを洗濯機の脇に置いてくるというお手伝いを完遂した珠子は、少しばかり誇らしげな顔で縁側に揃えてあった赤い靴を履く。尊の傍《そば》に近寄って、次はなにをすればいいのかというようにこちらを見上げてきた。

「もうお手伝いはないよ。お疲れ様」

こくん、と小さな頭が上下する。お昼休憩を挟んだとはいえ、午前中から動き続けたせいか、珠子が眠たそうに目を擦る。

「お昼寝する？」

首を横に振るものの、いつもより重そうな瞼に体は正直だと尊は苦笑する。珠子の目線に合わせるように屈んで、子供特有の柔らかな髪を撫でる。

「洗濯物を取り込まなきゃいけないから、まだ帰んないよ。だからお昼寝しような」

諭《さと》すように話して両手を広げれば、珠子がおずおずと首筋に抱きついてくる。それを持ち上げて縁側を振り返ると、なぜか中腰になったままこちらに手を伸ばしかけていた蒼一郎と目が合った。

「……珠子が起きますよ」

「……わかってる」

珠子は頭を尊の肩に預け、すでに瞼を閉じてしまっている。寝るのが早いなー、と尊は思わず感心してしまった。

「わかってるよ！」

「あ、布団を敷いてください」

小声で怒鳴ったあと、心なしかしょんぼりとした背中を尊に向けて、蒼一郎は家の中に戻って行った。悪いことしちゃったなぁ、と心中で溜息をつきつつ、尊は玄関に向かう。

珠子を片手で支えながら靴を脱がして、ひんやりとした空気が漂う廊下を歩く。天気予報では一週間以上も前に梅雨入りしたのだが、一向に雨の降る気配はない。一週間の天気予報も傘や雲よりも太陽マークの方が多いくらいだ。今年は空梅雨《からつゆ》なのかもしれません、と天気予報士が言っていた。

蒼一郎と珠子の部屋は、突き当たりを右に曲がった奥にある。十二畳もあって、壁際には立派な桐簞笥や揃いの棚がずらりと並んでいた。すべて蒼一郎の伯父が遺《のこ》したものらしい。中を覗くと、蒼一郎がちょうど布団を敷き終えたところだった。

「いいか、絶対に起こすんじゃねぇぞ」

「はいはい」

珠子を寝かせると、蒼一郎が可愛らしくデフォルメされた熊のタオルケットを掛ける。ぐっすり眠っていることを確認し、尊と蒼一郎は足音を立てないようにして客間へと移動した。

お茶を淹れて人心地ついたところで、蒼一郎が思い出したように口を開いた。

「そういや、仕事の話だが」

「あ、忘れてました」

尊は蒼一郎から〝仕事だ。土日のどっちかに来い〟という簡素なメールを貰って、由良家にやってきたのだ。箪笥の中の衝撃的な光景もとい、由良家の洗濯事情を前に、本来の目的が消え去ってしまっていたらしい。

「具体的な用件くらい書いてくださいよ」

「面倒なんだよ。どうせ、それで通じるんだからいいじゃねぇか」

予想通りの返答に、尊は溜息をついた。もっとも、筆まめな蒼一郎など想像もできないが。

「それで、お客さんはいつ来るんですか？」

「今回は私用だ」

「……はい？」

意味がわからず困惑していると、蒼一郎が「実は――」と話しはじめた。

「三日くらい前からか、蔵から女性の泣き声が聞こえるようになったんだ」

「蔵って、庭の端にあるあの建物ですか？」

「ああ。俺には姿が見えないから、お前に確認してもらいたいんだ。ちゃんとアルバイト代も出すぞ」

「はあ」

はじめての仕事と意気込んだ手前、少しばかり拍子抜けしてしまった。とはいえ、蒼一郎が〝聞こえた〟と言うのであれば霊がいるのは間違いない。触れてしまわないよう、細心の注意を払わなければ。

「蔵にはなにがあるんですか？」

「伯父が趣味で集めていた骨董品だ。遺言に従って俺が土蔵ごと譲り受けた。管理はすべて千種《ちぐさ》——幼馴染みの骨董屋に頼んであるから、俺もなにがあるのかは知らん」

「え、じゃあ、もしかして高価な物があったりして」

「あるぞ。値の張る物から偽物、果ては用途不明のガラクタまである、って千種が言っていたからな」

「……気をつけます」

お茶を飲み干して、尊は立ち上がった。確認するだけであれば、洗濯物が乾く前に終えられるだろう。

洗濯物に占領された中庭を横切り、蒼一郎と共にやってきたのは、敷地内の西側に建てられた土蔵だ。由良家の家屋も年代物だが、こちらはさらに年季が入った造りとなっている。

「どれくらい前に建てられたものなんですか？」

「確か、大正だったな」

「ずいぶん昔なんですね。うわっ、この鍵すごい。時代劇で見たやつだ」

「錠前だ。前のやつは錆《さび》で開かなくなっちまったから、新しいのに替えたんだよ。俺としては普通の南京錠でもよかったんだが、雰囲気も大事だからって千種にこっちを勧められてよ。痛い出費だったぜ」

鉄で作られた錠前は見るからにずっしりとしていて、確かに重厚な雰囲気の土蔵によく似合っている。蒼一郎が袂《たもと》から鍵を取り出し、慣れた手付きで錠前を外した。

「今も聞こえますか？」

「ああ。日中は生活音のせいでそれほどでもないが、夜ともなれば家の中にいても聞こえてくる。珠子には聞こえないようだから、霊じゃねぇかと思ったわけだ」

ギィ、と軋《きし》みながら、土蔵の扉が開く。一歩、足を踏み入れると、ひんやりとした空気が尊を包み込んだ。埃とカビ、それに土——土蔵だから当たり前なのだが——が混じった独特の臭いに、尊は反射的に息を止める。マスクをしてきた方がよかったかもしれない。

「鼠《ねずみ》がいるから、気をつけろよ」

「鼠くらい平気ですけど」

「二十センチ越えの丸々と肥えた巨体が、暗がりからこちらを窺っている様子はかなり衝撃的だぞ。それが四、五匹はいる」

「……駆除はしないんですか？」

「珠子が悲しい顔をするから、今のところ共存中だ」

「衛生的に悪いですよ。それに鼠ってなんでも齧《かじ》るって言うじゃないですか。せっかくの骨董品を齧られちゃいますよ」

「あー、だから伯父や千種が鼠を目の敵にしてたのか。しかたない。珠子に内緒で罠でも仕掛けとくか」

「それがいいと思います」

珠子には、鼠さんは引っ越ししたのだと言っておこう。とはいえ、駆除までには時間もかかるだろうから、珠子が土蔵に入った時は鼠やその糞を触らないように気をつけなくては。

「さて、なんか見えるか？」

蒼一郎の声に促され、尊は辺りを見回した。十二畳ほどの広さで、両脇には頑丈な棚が備えつけられている。そこには桐箱や紙の包みがぎっちりと詰め込まれ、棚に入らないサイズのものが床に所狭しと並べられていた。奥には人の腰の高さほどありそうな木製の箱が三つ横並びに置かれていて、何十本もの掛け軸が無造作に突っ込まれていた。その上に造りつけられた棚にも、細長い箱が幾つも置かれている。たぶんあれも掛け軸なのだろう。

「うわー……」

「どうした？」

「えっ、あ、すみません。思っていた以上にすごくて」

「伯父は七十歳で亡くなったが、骨董品の収集をはじめたのは二十歳の頃だ。五十年間の集大成と思えば、これでも少ない方だろうよ」

「由良さんの伯父さんって、なにをしていたんですか？」

「知らん」

返ってきたのは、実に素っ気ない言葉だった。説明するのが面倒だというわけではなく、本当に知らないらしい。蒼一郎は顎を片手で撫でながら、周囲を見回す。

「俺もここでだいぶ世話になったが、遂に伯父の職業にかんして知ることはできなかった。本人に訊ねても、逆に当ててみろと言われてな。こっちが悩む姿を見て、楽しんでいるようなひねくれ者だったよ」

「秘密主義な人だったんですね」

「……確かに、言われてみれば秘密の多い人だったな」

懐かしむような口調だった。蔵の奥に向けられた視線も、ここにはいない誰かを捜しているかに見えた。

「よし。じゃあ、捜しますね」

気持ちを切り替えて、尊は再び室内をぐるりと見回した。しかし、霊と思しき影は見当たらない。首を捻って、戸口に立っていた蒼一郎を振り返る。

「どの辺りから聞こえます？」

「右側の棚辺りだ」

「うーん……。それらしいものは見えませんけど」

「隠れているんじゃないのか？」

「骨董品を一つ一つ退《ど》かしていくしかないですね」

「おっと、こないだの腰痛が」

「いやいや、万が一、俺が幽霊に触っちゃったらどうするんですか」

「触らないように、細心の注意を払え」

「そこまで動きたくないんですか……」

「腰が痛いって言ってんだろ。家に戻ってるから、見つけたら声を掛けてくれ」

「……わかりましたよ」

腰痛云々よりもむしろ、よく物を壊す蒼一郎にこの蔵は危険だ。なんせケチャップの容器を踏んづけて転んだり、せっかく洗った急須を割ったりしているのだ。蒼一郎が骨董品を手に取る度にハラハラして、幽霊探しどころではなくなってしまうだろう。

「よし、やるか」

脚立を準備して、尊は右側の棚から調べはじめた。陶器類はすべて箱か新聞紙で包装されているため、中身を一つ一つ確認しながら反対側の床や戸口の辺りに並べていく。陶器はかなりの重さがあるため、思った以上に重労働だ。

違和感を覚えたのは、小さな壺《つぼ》が入るような桐箱を手にした時だった。首筋をひやりとした空気が撫でる。道端でいきなり霊に遭遇した時のような緊張感に襲われ、尊は思わず持っていたものを取り落としそうになった。

慌てて棚を確認するが、それらしい影はどこにもない。

でも、確実にすぐ傍に〝なにか〟がいる。

激しく脈打つ心臓を宥めるため、小さく深呼吸する。さっきまではなにもなかったのに、なぜいきなり霊の気配を感じたのか。周囲を見回すが、なにもおかしなものは見当たらない。

となると……、と尊は手に持った箱を見た。

蓋は開けない方がいいだろう。それを一旦、棚に戻して、尊は蒼一郎を呼びに家に戻る。

蒼一郎はちょうど日当たりのよい縁側で、鼾《いびき》を掻きながら昼寝中だった。目の下にうっすらと隈が滲んでいるので、もしかしたら夜に聞こえてくるという女性の泣き声のせいで満足に眠れていないのかもしれない。

声が聞こえるというのも、なかなか大変なようだ。

「由良さん、起きてください。見つけましたよ」

「ん、ああ？」

眠たそうな蒼一郎を促して、尊は土蔵に戻った。「これです」と桐箱を渡すと、顰めっ面の蒼一郎は泣き声の有無を確認するために、それを持ったまま土蔵を出て行った。泣き声が土蔵ではなく、桐箱から聞こえれば当たりだ。蒼一郎が土蔵を出た瞬間、ずっと感じていた気配が消えたので、きっと間違いはないだろう。

一分も経たずに戻って来た蒼一郎は、「これで間違いないようだ」と頷いた。

「なにが入っているんですか？」

「九谷《くたに》焼の花器だ。そういえば、ちょうど三日前に修復から戻ってきたばかりだ。修復に出したのは伯父だけどな。修復が終わる前に伯父が他界したから、返しそびれていたらしい。俺がここに住みはじめたと耳にして、その修復職人がこの花瓶を持って来たんだ」

「めちゃくちゃ怪しいじゃないですか」

「忘れてた」

「ええー……」

覚えていてくれたら、無駄な労力を使わずに済んだのに。文句を言ったところで蒼一郎が謝罪するとは思えないので、尊はしかたなくがっくりと肩を落としたのだった。

「開けてみるか」

「あ、ちょっと待ってください。離れますから」

霊に触れると、なぜか実体化させてしまうという奇妙な能力を持っている尊は、万が一のことを考えて蒼一郎から距離を取った。それを確認してから、蒼一郎が片手で蓋を開ける。

入っていたのは、一輪挿《いちりんざ》しで使われるようなこぢんまりとした花器だった。雪のような白い地肌に、色鮮やかな梅とその枝に留まる一羽の鶯が描かれている。

「どうだ？」

「ええと……」

はっきりとはわからない。でも、花器に重なるようにして白い靄が見える。それが揺らめく瞬間に、うっすらと泣いている女性の横顔が見えた気がした。

「女の人が泣いてます」

「そうだな」

「どうするんですか？」

「専門の奴に祓ってもらおうかと思ってたんだが……」

なんとなく悪いものではない気がするのだが、このまま置いておくわけにもいかないだろう。なにより四六時中、女性の泣き声が聞こえるというのも精神上よくない気がする。

しかし、蒼一郎は考え込むように眉を寄せた。

「箱を開けたら、言葉がはっきりと聞き取れるようになった。〝会いたい〟と言ってる」

「会いたいって、誰にでしょう？」

「伯父だったら困るな。位牌はここにないから墓に連れて行けば満足して泣き止むか？　いや、でも違うなら無駄足だしな……」

「祓ってもらわないんですか？」

「金がもったいない」

金の問題か。尊が胡乱《うろん》な眼差しを向けると、蒼一郎は目尻を吊り上げた。

「千円や二千円じゃねぇんだぞ。あの糞ガキ、こっちの足下を見やがって。解決できる糸口があるなら、自分でやった方が安あがりだ」

「それってもしかして、特殊なボイスレコーダーを作ったっていう祓い屋の人ですか？」

「ああ。あれも法外な値段だったけどな」

どうやら、お祓いは最終手段らしい。蒼一郎が高いというのなら、相当な金額なのだろう。

「まずは伯父の墓だな。ああ、面倒臭ぇ」

「遠いんですか？」

「車で二時間は掛かる。今日は乗り気がしねぇから、明日にでも行ってみるさ」

やれやれ、と溜息をついた蒼一郎は桐箱を持ったまま土蔵から出て行った。彼の伯父のお墓が当たりであればいいけれど、と思ったところではたと気付く。足下を見れば、床を覆い尽くす勢いで棚から下ろした品物が並んでいた。

「またこれを片付けるのか……」

蒼一郎には体《てい》よく逃げられた気もするが、これもアルバイトの一環だと諦めるしかない。もう一踏ん張りだ。腕捲《うでまく》りをして、尊は黙々と身近なところにある品物から棚に戻していくのだった。


月曜日の昼休み。

あと五分ほどで授業開始のチャイムが鳴るため、尊は机に向かって教科書を準備していた。教室はがやがやと賑《にぎ》やかで、笑い声も聞こえる。以前のように尊に向けられる悪意はなくなったが、残念なことにすべてが元通りというわけにはいかなかった。

まず、担任教師が替わった。

前任者が挨拶もなしに、まるで逃げるように学校を辞めたあと、今までクラスを受け持っていなかった学年主任が一組の担任になった。四十代半ばの少しばかり強面《こわもて》な男性教師である。

それからイジメを教唆《きょうさ》した女子生徒——大淵がクラスを移動した。これは本人からクラス替えの希望があったらしい。このまま一組に残ったら、今度は自分がイジメられてしまうかもしれないと訴えたそうだ。ただしクラスの指定はできず、厳しいと評判の女性教師が担当する四組に移動となった。

イジメを直接行っていた瀬川たちは、人数が多かったために他のクラスに移動はできなかった。同じ教室にいたくないなら自分が移動することもできたが、尊はそれを断った。すでに人間関係ができあがっている他のクラスに入ったところで馴染めるとも思えなかったし、また一から人間関係を築くのは億劫《おっくう》だった。

それにクラスでイジメについて話し合ったことも大きい。やはり誰もが、自分まで巻き込まれるのは嫌だった、悪いと思っても怖くて注意できなかったと言った。

尊がもしも彼らの立場であったなら、イジメられている生徒とよほど親しい間柄でもなければ同じことを思っていただろう。だから傍観に回っていたクラスメイトたちを責める気は起きなかった。

瀬川たちからも謝罪――本当に反省しているかどうかは不明だが――されたし、イジメがはじまるまで仲がよかった生徒たちからも、「なにもできなくてごめん」と謝られた。それでようやく自分の中で一区切りついた気がした。

とはいえ、イジメが起きる前と同じように振る舞うというのはむりな話だ。尊だけでなく、クラスメイトたちも同様である。

――まだ二週間とちょいだからなぁ。

孤立しているわけではない。どちらかといえば、腫《は》れ物《もの》に触るような感じだろう。どうやって接すればいいのかわからず、誰もが距離を測りかねているといった状態だ。反対に瀬川たちに対しては、必要以上にかかわろうとはしない。どんな理由があったところで、彼らがやったことは許されるものではないのだ。

尊としても、なにもなかったことにして以前のような態度で接することはできない。謝罪はあったが、それとこれとは話が別だ。ただ、半年後、一年後——ある程度、時間が経った時に彼らを許せる日がくればいいなとは思う。

溜息をついたところで、メールの受信を知らせる音が聞こえた。まずいまずい、マナーモードにしていなかったと慌てながら鞄からスマートフォンを取り出し、送り主を見る。

由良さんだ——心中で呟いて、メールの中身を確認すれば、〝外れだった。またうちに来い〟とあった。用件のみの内容に、思わず苦笑してしまう。蒼一郎らしいと言えばらしいのだが。どうやら彼の伯父は、幽霊が〝会いたい〟と望む相手ではなかったようだ。無駄足だったと嘆く蒼一郎の姿が目に浮かぶようである。

そもそも花器に憑《つ》いているあれはなんなのだろう。はじめて見るタイプの霊だ。今までの霊は、物ではなく場所や人間に固執しているのが大半で、そのどれもが近付いてはいけないと本能が警告してくるようなものばかりだった。

でも、花器に憑いている霊は、不思議とそれほど嫌悪感は湧かなかった。むろん自分から近付きたいとは思わないが。

　確か、長い年月が経った道具に魂が宿ることもあるんだっけ、と尊は頭の片隅にあった知識を引っ張り出した。〝付喪神《つくもがみ》〟という名で一括《ひとくく》りにされていた気がする。それほど古い道具を見る機会は、博物館にでも足を運ばない限り滅多にないだろう。尊は人がたくさん集まる場所には行かないように心掛けていたので、花器に憑いた霊が付喪神と呼ばれるものなのかはわからなかった。

　――あ、でも、付喪神って妖怪なんだっけ？

　幽霊とは頻繁に遭遇するけど、世間一般で広く語り継がれている妖怪の類は見たことがない。たまに人体の部位がおかしな形に合体して、妖怪なんて目じゃないくらい不気味な姿をとっている場合もあるけれど。そう考えると付喪神自体が、本当に存在するのかどうか怪しくなってきた。

　そんな取り留めのないことを考えているうちに、本鈴が鳴って次の授業を担当する教師が教室に入ってきた。持っていたスマートフォンを慌てて机の下に隠して、〝今週の土日は空いているので、いつでも大丈夫ですよ。都合はどうですか？〟と蒼一郎にメールする。返事は待たずにスマートフォンを鞄に入れて、尊は教科書を広げた。土蔵にしまわれていた道具が、会いたいと泣くような相手って誰だろう、と考えながら。

昼間でも薄暗い土蔵に、天井からぶら下がる小さな豆電球が明かりを灯《とも》す。

「電信柱から腕が生えているとか怖いですけど、それが腕じゃなくて足だったらそんなに怖くないと思いません？　蹴られそうで嫌ですけど」

「すらりとした色っぽい生足ならいいが、脛毛《すねげ》がぼーぼーの臭ぇやつならごめんだな」

「止めてくださいよ。ちょっと想像しちゃったじゃないですか。でも、よく見るのは腕が多いんですよね。あとは髪とか、人間の上半身とか。電信柱から足だけ生えているのは見たことないんで、不思議だなぁと――どうです？」

桐箱から取り出した壺を、蒼一郎が持つ花器の傍に持ってくる。「違う」と蒼一郎が首を横に振った。これも外れか、と尊は箱にしまい直して溜息をついた。

日曜日の午後。尊は先週に引き続き、由良家の土蔵にいた。

持ち主である由良の伯父が〝会いたい〟人でないのだとすれば、他にどんな人物が考えられるのか。頭を悩ませた結果、尊はもしかしたら相手は人間とは限らないのではないかという考えに行き着いた。

花器が道具であるように、〝会いたい〟存在もまた、道具である可能性だってある。それを見つけ出して、傍に置いてやれば泣き止むのではないか。というわけで、再び骨董品の包みを一つ一つ開けては花器に近付ける、といった作業を尊と蒼一郎は繰り返していた。

今日も体よく肉体労働から逃れようとした蒼一郎だったが、さすがに〝声〟の変化は尊にはわからない。安眠のためだと説得して、どうにか手伝わせることに成功したのである。

「珠子、退屈じゃないか？」

新聞紙に包まれていた香炉をまた同じように梱包《こんぽう》しながら、尊は物珍しそうに辺りをきょろきょろ見回している珠子に話し掛けた。ふりふりの真っ白なミニスカートを穿いた珠子を見て、せめて着替えさせてから連れてくるんだったな、と軽く後悔する。しかし、これはもしかしなくても蒼一郎のコーディネートなのだろうか。可愛いけど、家なんだからもうちょっとラフな格好でもいいのに。

「家に戻って、テレビを観ててもいいんだぞ」

置いてあるものに触ってはいけないと注意していたので、普通の子供なら飽き飽きしている頃だろう。しかし、珠子は首を横に振って、並んでいる骨董品の隙間や壁際をじっと見詰めている。鼠でも探しているのだろうか。ハムスターのような愛らしさを求めているとトラウマになるぞ、と珠子に言いたい。こちらを怖れもせず悠然と土蔵の梁《はり》を渡っていく鼠は、蒼一郎が言っていたように巨大で、丸々と肥え太っていた。鼠ってあんなんだっけ、と尊は記憶との違いに唖然としたものである。

作業を開始して、はや二時間。

もうそろそろお昼に差し掛かる頃だ。残りは四分の一程度なので、一時間も掛からずに終われるだろう。それで花器が会いたいと望む相手が判明すればいいのだが……。

「しかし、由良さんの伯父さんって、派手好きですよね」

壺や茶器、掛け軸、どれをとっても色彩鮮やかなものばかりで、蒼一郎の伯父の好みは誰が見ても明らかなほどだった。今取り出した中皿にも、朱で描かれた鳳凰《ほうおう》が中央に鎮座している。

「あの花器は、きれいだけど他に比べればシンプルですよね」

「貰い物って場合もあるぞ」

なるほど、と頷いた尊は、蒼一郎が着ている麻の着物を見て首を捻った。

「でも、着物の趣味は普通ですよね」

「着物まで派手だったら、俺は着るものに困っていたな」

「着ればいいじゃないですか。ただ、見た目はすごそうですけど」

想像して尊は堪えきれずに吹き出した。蒼一郎がそんな格好で外を歩いていたら、まず間違いなく職務質問の餌食になるだろう。苦虫を嚙み潰したような表情を浮かべた蒼一郎に頭を小突かれ、尊は「冗談ですよ」と笑って作業に戻った。

手を動かしつつ、尊は取り出した中皿をしげしげと眺める。

「こういう見栄えのするものがあったら、部屋も華やぎますよね。せっかくだから、和室に飾ってみましょうよ」

和室には長机に座布団といった、必要最低限の物が置かれているだけだった。あそこにお客さんを通すのだから、もう少し調度品を置いた方がいいのではないだろうか。庭に咲いた花を、花器に飾るだけでも見栄えはする。

「飾るなら、さっきの掛け軸がいいな」

「牡丹《ぼたん》のですか？」

「龍と虎が戦ってるやつだ」

「え、いや、さすがにあれはちょっと……」

今にも取っ組み合いをはじめんばかりに睨み合った龍虎の掛け軸は、インパクトはあり余るくらいだが、あの和室には似合わない気がする。言葉を濁した尊に蒼一郎は、「なら奥にあった、有田《ありた》焼の大皿はどうだ」と提案してきた。

「一抱えはありそうなやつですよね？　仙人みたいな人たちがいっぱい描かれてる」

あんなのを床の間に飾るのか。骨董屋の店頭に並んでいそうな迫力のある大皿を思い出し、尊はますます頰を引き攣らせた。

「由良さんって、もしかして伯父さん似なんじゃ……」

「似てねぇよ。伯父は優しげな風貌だったからな」

「骨董品の好みです」

とりあえず、和室の床の間に飾る品物は自分で選ぼう。蒼一郎に任せていては、まずい気がする。あまり派手すぎないものがいい。そう、ちょうどあの花器のような。

後ろに掛け軸を飾って、花器には季節の花を挿す。それだけで殺風景な和室が、趣のある部屋に変わるだろう。

「模様替えについては、あとで話し合いましょう」

「ああ?」

尊と蒼一郎は黙々と、ひと品ずつ取り出しては花器の傍に置くという行動を繰り返した。しかし、土蔵にあるもののすべてを見せても、女性の霊は泣き止まない。骨董品をすべて元の場所に戻してから、尊はのし掛かる疲労に耐え切れずその場に屈み込んだ。蒼一郎も着物が汚れるのも構わず、床に倒れ込んでいる。

「全部、外れだなんて……」

「また無駄骨かよ……」

「他にはないいんですよね?」

「ない。葬式の前に、家で飾っていた物はすべて土蔵に移したからな」

「道具じゃないいんですかね?」

思いついた際は、これが正解だと確信したくらいなのに。〝会いたい〟以外に、なにかヒントになるようなものをくれればいいのに、と尊は恨みがましい視線を花器に向けた。

と、そこで脳裏にある可能性が閃《ひらめ》いた。

「もしかして、他にも修復に出したまま戻ってきていない品物があるんじゃないんですか？」

「ないとは言い切れないな」

「あとは花器が修復に出されている間に、売られちゃった場合もありますよね。それか骨董が趣味の知り合いにプレゼントしたとか」

だが、それをどうやって確認するのかが問題だ。蒼一郎の伯父が生きていれば簡単だったのに、と尊が頭を悩ませていた時だった。蒼一郎が左側の棚から、古い帳面を取り出す。中をぱらぱらと捲り、「これなら」と呟いた。

「骨董品の目録だ。ここに書かれている物で、土蔵にない物があればお前の言う通りかもしれん」

「おおっ！」

光明が見えてきた、と思ったところで尊ははたと気付いた。

「……もしかして、目録を片手に品物を一つずつチェックしなきゃいけないんじゃゃ」

せめてひと品ずつ確認する際、一緒に目録もチェックできたらよかったのに。もう一度かぁ、と肩を落としていると、蒼一郎が慰めるように尊の肩を叩いた。

「頑張ろうぜ。あと一息だ」

「由良さん……。そうですよね、一緒に頑張ります！」

「そんな尊に悲しいお知らせです」

「……はい？」

「一時に歯医者の予約が入ってるんだ。俺は珠子を連れて行かねばならん」

実にいい笑顔を浮かべた蒼一郎が、「あとは任せたぞ」と告げる。目録を手渡され、尊はがっくりと項垂《うなだ》れた。それでも最後の抵抗とばかりに、恨みがましい眼差しを蒼一郎に向ける。

「ちょっと不用心じゃないですか？　アルバイトとはいえ、他人を一人で家に残して行くなんて」

「お前はうちのアルバイトだ。他人じゃねぇだろ」

「それはそうですけど……」

「他人を疑ってばかりじゃ、肩が凝るだけだぞ。もっとも俺だって、信頼する相手くらいは選ぶけどな」

にやりと笑って、蒼一郎は尊の頭を乱暴に撫でた。信頼していると言われたも同然の言葉に、顔に熱が集中する気がした。「汚れた手で頭を触らないでくださいよ」と文句を言いつつ、尊は立ち上がる。なんだかはぐらかされた気持ちだ。

「目録の確認作業をする前に、そろそろお昼にしませんか。今日は母さん特製の、稲荷《いなり》寿司を持ってきたんです。しゃきしゃきのレンコンが入ってて、美味しいですよ」

歯医者と聞いて、地味に憂鬱な表情を浮かべていた珠子の顔が、稲荷寿司と聞いて瞬時に華やぐ。荷物になるから面倒だなと思っていたのだが、ここまで喜んでくれると持ってきた甲斐があるというものだ。

腹が減っては戦《いくさ》はできぬ。

午後に待ち受ける肉体労働のためにも、昼はしっかりと食べておかなければ。

昼食をとったあと、珍しく渋い顔の珠子を連れて蒼一郎は歯医者に向かった。歯医者が好きな子供はいないもんなぁ、と尊は二人を乗せた車を見送りながら苦笑する。尊だってあの歯を削るドリルの音は大嫌いだ。

「……力を使うってのも、ありかな」

ふと、思ったことを尊は口にした。

花器の霊を実体化させれば、もっとヒントが得られるのではないだろうか。しかし、すぐそのあとで、いやいや、と首を振る。この能力は未知数で、どんなことが起こるかわからない。実体化した霊に襲われないとも限らないのだ。

やはりここは地道に、一つ一つ可能性を潰していくのが最善だ。

「よし、やるか」

蒼一郎たちが帰って来るまで、せめて半分くらいは終わらせておきたい。蒼一郎の伯父はまめな性格だったのか、一つ一つの骨董品に品名を書いたメモが挟んであったお陰で、名前がわからずにチェックが進まないという事態は回避できそうだ。

「目録の端から虱潰《しらみつぶ》しにして、と……」

チェックした品名に印をつけるわけにはいかないので、蒼一郎から貰った付箋《ふせん》を一つ一つ貼っていく。やはり二人と一人では作業効率が違うなぁ、と溜息を吐きつつ、尊は黙々と体を動かし続けた。

「有田焼の小皿が五枚……ううん？　この作者名ってなんて読むんだ？　まあ、漢字が合ってればいいか。次は――」

一人だと、どうしても独り言が多くなってしまう。とはいえ、聞いている者もいないので、尊は気にせず品名を声に出しながら作業を進めていった。

普段、こういう骨董品を手に取って眺める機会などないので、一つ一つ手を止めて鑑賞してみる。しかし、色彩が綺麗だとか、構図が緻密ですごいななどとは思うものの、大金を支払ってまでこれが欲しいという気持ちはまったく湧いてこない。たとえ伯父の遺品だとしても、管理が大変だからという理由で売ってしまいそうだ。

ちょうど半分ほどチェックを終えた時だった。カタン、と小さな音が土蔵に響く。

「鼠？」

確認しようと振り返った尊の視界に、ものすごい勢いで振り下ろされる箒《ほうき》の穂先が映った。

「お覚悟！」

反応できたのは奇跡だった。たまたま両手が空いていたことも大きい。尊は迫ってくる箒をとっさに真剣白刃《しらはど》取りの要領で受け止めた。

箒で攻撃してきたのは、はじめて見る若い女性だった。桜色の着物に白い帯を巻いて、緩くパーマが掛かった髪を一纏《ひとまと》めしたところに鼈甲《べっこう》の簪《かんざし》を挿している。目鼻立ちのはっきりとした可愛らしい雰囲気の女性なのだが、箒の柄を握ってこちらを睨みつける姿はかなりの迫力だ。

「ち、違います！」

尊は必死に叫んだ。

「ゆら心霊相談所のアルバイトです！」

「……あら」

箒に掛けられた力が弱まった。険の取れた表情で、女性が首を捻る。

「もしかして、あなたが蒼一郎君が言っていた、秋都君かしら？」

「はい。秋都尊と言います」

「あなた一人なの？」

「由良さんは珠子を歯医者に連れて行って、留守です」

真剣白刃取りをしたままの格好での会話である。ようやく誤解だと気付いてくれたようで、「ごめんなさいねぇ」と朗らかに笑い、女性は箒から手を離した。

「土蔵荒しかと思ったの。なにを捜していたのかしら？」

「あー、ええと……」

どう説明すればいいものか、と頭を悩ませていると、女性ははっとしたように尊の肩を叩いた。

「あら、ごめんなさい。自己紹介がまだだったわ。私は蒼一郎君の幼馴染みで、近所の骨董屋を営んでいる木楯《きだて》千種というの。よろしくね」

「はい。こちらこそ、よろしくお願いします」

「私も尊君って呼んでいいかしら。私のことも、ぜひ名前で呼んでちょうだい」

「わかりました。幼馴染みってことは、由良さんと同世代なんですよね？」

「ええ。同い年よ」

「ぜんぜんそんな風には見えません」

落ち着いているなとは思ったが、どこからどう見ても二十代半ばほどにしか見えない。

すると千種は頬を染めて、先ほどとは比べものにならないくらいの勢いで尊の肩を叩いた。

地味に痛い。

「もう、お世辞が上手いんだから。なにも出ないわよ」

「本当ですよ。母さんと三つしか違わないなんて思えません」

「……持ち上げておいて落とされるとは」

「え、すみません。ちょっと聞こえませんでした」

「うふふ。なんでもないの」

妙に迫力のある笑みを浮かべた千種は、それで、と話を戻した。

「なにかお探しかしら。私は土蔵の管理を任されているから、なにがどこにあるかすぐにわかるわよ」

「えっと、用事があってここに来たんじゃないんですか？」

「もちろんそうよ。でも、蒼一郎君が留守ならどうしようもないもの。お店を長く留守にはできないけれど、一時間くらいなら平気よ。旦那様にお留守番を頼んであるから」

ありがたい申し出ではあるが、どう説明すればいいのだろう。正直に話したところで信じてもらえるとも思えないし……。ううむ、と唸っていると、意外な言葉が千種の口から飛び出した。

「もしかして、蒼一郎君が言っていた女性の幽霊と関係があるのかしら？」

「知ってるんですか」

「蒼一郎君から聞いてるわ。修復から戻ってきた花器に、女性の幽霊が憑いていたんですってね。泣き声がうるさくて眠れないって愚痴っていたわ。見掛けによらず、意外と繊細なのよねぇ」

世間話でもするかのような態度に、尊は唖然とする。千種は「違った？」と首を傾げた。

「あ、いいえ！　違いません、けど……疑わないんですか？」

「蒼一郎君のことは昔から知ってるもの。嘘をつくような人じゃないわ。それに長年、骨董屋をやっていると、たまに曰くつきの一品に出会うことだってあるのよ。幽霊は見たことないけど、不思議な体験くらいはあるわ。まあ、近所の人たちは蒼一郎君がまた変なことをはじめたとしか思ってないでしょうけど」

くすくす、と千種は鈴を転がすような声で笑う。和室に飾る骨董品を選んでいたとでも言い訳するしかないと思っていたので、尊は安堵に胸を撫で下ろした。

「もちろん、君のことも聞いてるわよ。蒼一郎君は聞こえるだけだから、見える子が入ってきて助かるって言ってたわ」

「ははは」

洗濯など、すでに色々と押しつけられていることを思い出し、尊は苦笑した。

「なにより珠子ちゃんが懐いてるのが大きいわよね。私なんて、未だに人見知りされているもの」

「そうなんですか？」

「私と尊君の違いってなにかしら。……若さ？」

睨《ね》めつけるような眼差しに、尊は思わず背筋を震わせた。

「たまたまですよ、たまたま」

「そうかしら。でも、珠子ちゃんはちょっと明るくなったと思うわ。この調子なら、二学期から学校にも通えるかもしれないわね」

「あの……もしかして、珠子って小学校に行ってないんですか？」

なんとなくそんな予想はしていたが、どうやら当たりだったようだ。あら、と呟いた千種は複雑な表情を浮かべて、「蒼一郎君から聞いてると思ってた」と言った。

「ここに来るのは、基本的に土日だけなんで。ただ、ランドセルとか教科書がまとめて押し入れにあったから、もしかしてとは思ってました」

「本当なら小学校一年生なんだけどね。お母さんが亡くなってから、ちょっと色々あったみたいでお休み中なの」

「そうなんですか……」

七歳の子供にとって、母親は世界のすべてそのものだ。その母親がいきなり世界から姿を消してしまった。珠子が精神的に不安定になったとしても、不思議はない。

「もしかして、珠子の口数が極端に少ないのも、お母さんのことがあったからでしょうか？」

「ごめんなさい、それは私にもわからないの。珠子ちゃんとは、こっちに越してきてから知り合ったものだから。蒼一郎君から、元々大人しい子だとは聞いていたけど……」

「大人しすぎて心配なんです。俺の従兄弟たちがちょうどあれくらいだから、ついつい比べちゃって」

「ずいぶんと歳が離れてるのね」

「うちは両親が長男、長女なんです。だから従兄弟は全員年下で。親戚が集まるときは、子供の面倒を見るのは俺の仕事なんですよ」

あいつらは子供の姿をした怪獣だ。こちらを、全力で飛び掛かっても壊れない遊び道具だと思っている節がある。手加減という言葉を知らないため、毎回、どこかしらに青痣ができるほどなのだ。

「大変そうねぇ」

「はい。だから余計に珠子が気になっちゃって」

「私としては、珠子ちゃんもだけど蒼一郎君も心配だわ。平気な顔してるけど、彼なりにショックだったと思うの。だから尊君も、できる範囲でいいの。二人を気に掛けてあげてね」

「わかりました」

とはいえ、頷いてはみたものの自分にできることがあるとは思えない。結局のところ、珠子については下手に意識せず普段通りに振る舞う以外になにも考えつかないだろう。高校生なんて、しょせんまだまだ子供だ。蒼一郎については……どう見てもショックを受けているようには思えないが、一応、念頭に置いておこうとは思う。

「それで今はなにをしているの？」

「女性の幽霊が〝会いたい〟のは、人じゃなくて道具なんじゃないかと思って、一つ一つ花器に近付けて確認していたんですけど、すべて外れで。だから、もしかして修復に出されていたり、売られてしまった品物があるんじゃないかって、目録と照合していたところです」

「ずいぶんと面倒なことをしてるのねぇ。確かに、何点かないものがあるわ。小父《おじ》様が亡くなられたあと、蒼一郎君に管理を頼まれたときに私も目録を確認したのよ」

「じゃあ……」

「なにがないのか、もちろんわかるわ。お手伝いしましょうか？」

お願いします、と尊が頭を下げたのは当然だった。

「小父様はごく稀《まれ》にだけれど、恩人の方だったり、知り合いの方だったりに、自分のコレクションを贈ることがあったの。どれを贈ったのかわかるように、目録に印がついていたはずよ」

「え、そうなんですか？」

「ほら、ここに」

製本された目録のページを捲った千種は、品名の上につけられた小さな赤い印を指差した。「本当だ」と尊も呟く。千種は土蔵にあった木製の台座に腰を下ろし、辺りを見回した。

「四品くらいかしら。整理していたとき、印がついていないのに九谷焼の花器がなかったからつけ忘れたのかと思っていたわ。まさか修復に出していたとはねぇ」

「千種さんも、一品ずつ目録を確認しながら整理したんですか？」

「そうよ。旦那様に手伝ってもらったけど、くたくただったわ。小父様のコレクションには滅多にお目にかかれないような珍品もあるから、勉強にはなったけどね」

「贈り先はわかりますか？」

「さすがにそこまではわからないわね。それに貰った方が、まだ手元に置いているとも限らないんじゃないかしら。売ったお店がわかれば追跡できるけど、最近は海外のコレクターが買いつけていくことも多いから。さすがにそうなったらお手上げね」

「うわぁ。そういうパターンもあるのか……」

〝会いたい〟と願っているのが道具で、もしもそれが贈答品となっていたら会わせてやるのは難しい。このまま道具である可能性に固執するか、それとも別の可能性に望みを託すか。唸っていると、千種が不思議そうに訊ねてきた。

「どうして、そこまで親身なの？　わざわざ相手を探さなくても、お祓いして貰えばいいでしょうに。それでも駄目なら、手放してしまうという選択肢もあるわ」

「お祓いすると、かなりするらしいですよ」

「あら。蒼一郎君はけっこうなお金持ちよ。むりなら妥協してくれると思うけど」

もっともな指摘に反論できず、尊は言葉に詰まった。

千種の言う通り、苦労してまで望む相手を探す必要はない。蒼一郎だって難しいとわかれば、諦めてくれるだろう。なにより尊自身も、はじめは千種と似たような考えだったのだ。

「……どれだけ長い間、修復に出されていたのかはわかりませんが、その間もずっと泣いていたんだと思います。〝会いたい、会いたい〟って。ようやく戻ってきたのに会いたい相手の姿はどこにもないんですよ。悲しい気持ちのまま消えるなんて、あまりにも可哀想じゃないですか」

時折、白い影に映る悲しい顔に、いつの間にか情が湧いてしまった。こちらに悪意を持っている霊であれば、こんな風には思わなかっただろう。愛しい相手を思って泣くことしかできない、幽霊というにはあまりにも儚《はかな》い存在だったからこそ心が動いてしまった。

それでも、できる限り霊を避けて暮らしていた頃の自分からすれば、あり得ない心境の変化ではあるのだけれど。

「尊君は優しいのね」

尊は気恥ずかしさに千種から視線を外した。ふふっ、と笑い声をあげ、千種は開いていた目録を閉じた。

「小父様が骨董品を贈り物にするときは、父に必ず鑑定書を依頼していたの。父と小父様は共通の友人も多かったから、もしかしたら誰に贈ったのかわかるかもしれないわ」

「本当ですか！」

「四件とも覚えているかどうかは保証できないわよ」

「それでも、構いません」

問題は、骨董品を貰った相手にどう接触するかだ。骨董品を見せてくださいと押し掛けたら、まず間違いなく怪しまれてしまう。その辺りは、蒼一郎と相談する必要がありそうだ。

「しかたないわねぇ。父は引退して暇を持て余しているから、いつでも訪ねてくれていいわよ。家は蒼一郎君が知っているわ」

「ありがとうございます」

そうと決まれば、土蔵に用はない。蒼一郎と珠子が帰るのを待って、千種の父親を訪ねよう。とりあえず出ている品物を元に戻して、簡単に掃除して。土蔵の鍵は預かっているので、一旦、閉めておいた方がいいか。

「ねぇ、尊君。幽霊が憑いてる花器って、どれかしら？」

興味津々《しんしん》といった様子の千種が、身を乗り出すようにして訊いてくる。これですよ、と言って尊は花器が入った桐箱を差し出した。

「中を見てもいい？」

「怖くないんですか？」

「お化け屋敷や心霊関係の番組は平気よ。これだって、女の人が泣いているだけなんでしょう？」

「それはそうですけど……」

普通はもっと怖がるものではないだろうか。子供のように目を輝かせている千種に、尊は苦笑した。

「私にも見えるかしら――」

しかし、桐箱の蓋を開け中を覗き込んだ千種の顔が、なぜか硬直した。どうかしたのだろうかと、尊は「千種さん？」と声を掛ける。すると絞り出すような声が、千種の口から漏れた。

「――尊君。目録を借りてもいい？」

「俺だけの判断じゃ、ちょっと。由良さんに訊かないと」

「大丈夫。蒼一郎君は私に対して、駄目とは言わないから。それとこの花器も借りて行くわね」

「え、それはさすがに、って、待ってくださいよ！」

制止を振り切って駆け出す千種を、尊は慌てて追い掛けた。門を出た千種は、二軒隣にある骨董屋に駆け込んだ。これは自分も続くべきかと困惑していると、目録と花器、それに車のキーを持った千種が飛び出してくる。そのまま表に停めてあった白の軽自動車に乗り込んだので、尊は慌てて助手席の窓を叩いた。

「どこに行くんですか！」

「尊君も乗ってちょうだい」

「いや、でも、土蔵を開けっ放しには……」

「大丈夫よ。旦那様に頼んでおいたの」

ええっ、と思って店内に顔を向ければ、優しそうな男性が困ったような顔で手を振っていた。どうやら彼が〝旦那様〟らしい。早く、と急《せ》かされ、尊はしかたなく助手席に乗り込んだ。

「どこに行くんですか？」

「はい、これを持ってて。よし、行くわよ」

シートベルトを締めると、花器が入った桐箱と目録を渡された。質問に答えてほしいのだが、なぜか尊の声が届かぬほど怒り心頭の千種は、勢いよくアクセルを踏み込む。弾丸のように発進した車の車内に、尊の悲鳴が響いた。

「あ、安全運転！　安全運転！」

「あら、ちゃんと前を向いて運転してるわよ？」

「違います！　スピード出し過ぎ！」

「これくらい出した内に入らないわ。大丈夫、安心して。事故を起こしたことは一度もないから」

「安心できませんって！」

口調は丁寧なのだが、車は異常なほどのスピードで道路を疾走する。スピード違反を取り締まるパトカーがいたら、まず間違いなく停止を求められるだろう。何キロ出ているのか確認したかったが、怖くてメーターは見られなかった。果たして自分は無事に目的地につけるのか。

「降りる！　降ります！」

「尊君は大袈裟《おおげさ》ねぇ」

「待って、加速、加速してますよ！」

「アクセルを踏んでるんだから、加速するわよ」

「降ろしてー！」

どうしてこうなった。こんなことなら、追い掛けるんじゃなかったと尊は全身全霊で後悔したのだった。


生きてる。これほど生を実感した日はないだろう。願わくば、これからもこんな日がこないことを尊は心の底から願った。

千種が運転する暴走車——車が停まったのは、由良家の二倍はあるかと思われる、立派な日本家屋の門前だった。車から降りた千種は、尊から花器と目録を受け取ると着物の裾を翻し、門を潜っていく。ここまで来たからには、最後まで付き合わなければならないという妙な使命感に駆られた尊も、恐る恐るその後に続いた。

玄関のチャイムに応えて出てきたのは、二十代そこその作務衣《さむえ》姿の青年である。

「こんにちは。水森《みずもり》先生はご在宅かしら」

先ほどまでの勢いが嘘のように、千種は初対面の際に見せたお淑《しと》やかな雰囲気でにっこりと微笑んだ。頬を赤く染めた青年は、「少々、お待ちください」と言って家の奥に戻って行った。

「あの、ここはどこですか？」

「ごめんなさい。そういえば、なんの説明もしていなかったわね。ここはうちでよく壺や皿の修復を頼んでいる、水森玄嗣《はるつぐ》さんという方の家なの。敷地内に工房が併設されていて、日中は大概《たいがい》そこに籠もっていると聞くわ。さっきのは先生の息子さんで、今は跡継ぎとして修行中なんですって」

「どうして、修復師の人の家に？」

しかし、千種が答えるよりも先に、作務衣を着た六十歳ほどの男性が姿を現した。頭に手拭いを巻いて、手には落としきれていない泥が残っていた。おそらく彼が、千種の言っていた修復師の水森玄嗣その人なのだろう。

後をついてきた青年に、「お前は戻れ」と言って追い返してしまう。その表情は、作業を中断したためか、ただでさえ気難しそうな顔がより不満げに歪められていた。

「お久しぶりです、水森先生」

「……日中は仕事で忙しいと言っていたはずだ」

「申しわけありません。ですが、一つ確認したいことがありましたの。由良の小父様から修復を依頼された花器について」

「九谷焼の花器だったな。それならばすでに、依頼人に返した」

千種は桐箱の蓋を開け、花器を取り出して見せた。尊の目に、白い影がゆらりゆらりと映る。

「これで間違いはありませんか？」

「……ああ」

わずかな間を置いて、水森は頷いた。じょじょに千種の眦《まなじり》が吊り上がり、口調も刺々《とげとげ》しさを増していく。

「間違いない、と水森先生は断言なさるんですね？」

「私は忙しいんだ。木栖の娘といえど、不躾にもほどがあるぞ」

「礼儀知らずはあなたの方でしょう！」

千種が吼《ほ》えた。桐箱を尊に押しつけ、目録を開く。そこには九谷焼の花器について書かれた項目があった。

「これを小父様に頼まれ、清書したのは私です。その際に、小父様は一つ一つ品物を見せてくださいましたわ。九谷焼の花器はこれ一つ。ですが私は、こちらの花器を目にしたことは一度もありません」

水森は押し黙った。ここでようやく、尊は千種が言わんとしていることに気付いた。彼女は水森が花器をすり替えたと糾弾しているのだ。驚くと同時に、尊は納得した。道理で花器に憑いた霊が、どの骨董品を見せても泣き止まないわけだ。元々この花器は、由良家の土蔵にはなかったのだから。

「……勘違いではないかな。私が依頼を受けたのは、間違いなくこの花器だ」

「しらばっくれるのもいい加減にしてください！」

「ならば証拠を出してもらおうか。私が依頼品をすり替えたという、確固たる証拠を。まさか自分の記憶が正しいという思い込みだけで、ここに来たわけではないだろう？」

今度は千種が押し黙る番だった。唇を噛み締め、恥辱に全身を震わせる。それを見て証拠はないと確信したのだろう。水森に余裕が戻りはじめていた。

彼女を信じるならば、この花器は本来の依頼品とすり替えられたことになる。明らかな犯罪だ。しかし、依頼した当人が亡くなっているうえに、日も経っている。千種の記憶違いでは、と言われてしまえば返す言葉もない。

「もう用は済んだだろう。帰ってくれ」

「――いいや。話はまだ終わってませんよ」

背後から聞こえた声に振り向けば、そこには蒼一郎が立っていた。周囲に珠子の姿がなかったので、土蔵で番をすることになっていた千種の夫に預けてきたのかもしれない。

「この猪突猛進女が。話は春臣《はるおみ》から聞いたぞ」

千種に耳打ちした蒼一郎は、そのまま水森に向き直った。そして、普段とは違う営業用の笑みを浮かべる。以前も思ったけど、普段の蒼一郎とのギャップに慣れないんだよなぁ、と尊は首を竦めた。まるで知らない人みたいで、ちょっと居心地が悪い。

「先日はありがとうございました。ですが、どうやら持参いただいた品は、修復を依頼した物とは違っていたようです。もう一度、確認してもらえますか？」

「だから何度も間違いはないと言っている。違うというのであれば、証拠を出してもらおう！」

「わかりました」

え、証拠があるの、と尊は思わず聞き返しそうになった。千種も驚いたような表情を浮かべ、なにか言いたそうに蒼一郎を見詰めている。千種と水森のやりとりを聞いていたとしても、証拠を準備できるような時間はなかったはずだ。

一方、水森はただのはったりだと受け取ったようで、強気な態度を崩そうとはしなかった。

「水森さんにお訊きします。骨董品の修理を請け負う際の手順として、あなたはまずなにをしますか？」

「いったいなんの話だ」

「単なる確認ですよ。そうですね……まずは見積書《みつもりしょ》を作るのではありませんか？　依頼人もどれくらいお金が掛かるのか、不安になりますからね」

「……もちろん、見積書は作る。だが書いてあるのは金額と、その内訳だけだ。証拠にもなんにもならん」

「では、その見積書はなにを元に作成しますか？」

「それは……」

　現物を見てじゃないのかな、と尊は首を捻った。だが蒼一郎の質問に対し、水森の顔は見る間に青ざめていく。蒼一郎は相手の態度に確信を得たように、にやりと笑った。

「昔は現物を見て判断していたでしょうが、今は便利な世の中になりましたからね。先ほど確認したあなたのホームページには、〝現物を持ち込む前に、まずは修復が可能かどうか、可能であれば見積書を作成するので、破損した箇所を写真に撮って郵送か、またはメールに添付して送ってください〟と書いてありました。伯父は新しいもの好きだったので、デジタルカメラで写真を撮ってパソコンに取り込み、メールに添付してあなたのアドレスに送信したはずです。まだメールアドレスは残っていますから、警察を通して運営会社に問い合わせれば送信履歴を確認できるでしょうね。たとえ伯父が履歴を削除していても、今の技術ならば復元できます。立派な証拠ですよ」

　おそらく水森は気付いてしまったのだ。見積書を作成するため、蒼一郎の伯父から写真を添付したメールを貰っていた事実に。

　もう言い逃れはできない。

　緊迫した空気の中、はじめに動いたのは千種だった。いきなり水森の胸倉を摑み、

「なんて馬鹿なことを！」

　と怒鳴った。

なにも答えない水森に、千種はなおも言い募る。その表情は怒りよりも、悲しみに染まっていた。

「あなたは……あなたは、私たち骨董品を扱う者が、一番してはならないことをしたんですよ。私は何度もあなたが修復した作品を見ました。なんて丁寧な仕事をする方なんだろうと、感動したこともあります。父はあなたの仕事振りだけでなく、なにより誠実なお人柄が好ましいと言っていました。たった一度の過ちで、あなたはご自分の経歴を台無しにしただけでなく、信頼をも失ったんですよ！」

重い言葉だった。なによりも、己の仕事に誠実に向き合っていればいるほど、千種の訴えは心に突き刺さっただろう。俯いていた水森は、やがて掠《かす》れた声で己《おのれ》の過ちを語り出した。

「……今まで数多くの陶器を修復してきたが、私は一目であの花器に惚《ほ》れてしまった。欠けた箇所さえも愛おしいと思ってしまうほどに。修復なんて、とんでもない。私が手を加えることで、あの美しさが損なわれてしまうかもしれないと思ったら……」

「では、修復はしていないんですね？」

蒼一郎の問いに、水森は小さく頷いた。

「しかし、できないと言って返すこともできなかった。由良さんに返してしまえば、別の修復師の元に出されてしまう。だから材料がなかなか揃わないと言って、ひたすら時間を引き延ばした。譲ってほしいとお願いするつもりだったんだ。その矢先に由良さんが亡くなって……どうにかしてこのまま自分のものにできないかと、そればかり考えるようになった。同じ九谷焼の花器があることを思い出して、私は……」

水森が後悔するように、両手で顔を覆った。深い溜息が、手の隙間から漏れる。だが同情することはできない。どんな理由があったとしても、水森の行為は窃盗であり罰せられるべきものなのだから。

「申しわけない。本当に、申しわけないことをした」

「こいつにも謝罪してもらえますか?」

蒼一郎にしてみれば、花器をすり替えられたことよりも、幼馴染みを貶《けな》されたことの方がより腹立たしかったのかもしれない。慌てたように、水森は千種にも先ほどの発言を謝罪した。

怒りは醒《さ》めやらない千種ではあったが、相手が自分の罪を認めて頭を下げたことで多少は気がおさまったのだろう。未だに摑みあげていた水森の襟《えり》から、ようやく手を離した。

「今回のことは……」

「警察沙汰にはしませんよ。伯父もそんなことは望んでいないでしょうから」

水森が安堵するように溜息をついた。訴えられてもおかしくはない話だっただけに、蒼一郎の対応は少し甘いのではないか、と尊は内心で不満を覚えた。

なによりも、花器に憑いた幽霊のために費やされた労力は半端なものではなかった。水森がすり替えなければ、あんな目には遭わずに済んだのにと思うと、どうしても恨みがましい気持ちが湧いてくる。

「――ただし、一つだけお願いがあります」

蒼一郎が告げた言葉は、意外なものだった。

暦では、もう七月である。結局、今年は空梅雨だったなぁと思いながら、尊は雲一つない青空を縁側から見上げていた。じめじめするのは嫌だが、梅雨だというのにここまで雨が降らないのも違和感がある。ニュースではダムの貯水量が心配されていた。

翌週の水曜日。放課後、由良家に立ち寄った尊は縁側に座っていた。蒼一郎は「今日は俺がやる」と言って意気揚々と洗濯物を干している。どうやら、珠子に父親として格好いいところを見せたいらしい。あと二時間もすれば日も暮れてくるのだが、今夜の降水確率はゼロパーセントなのであえてなにも言わないことにした。

膝では珠子が熟睡中である。眩《まぶ》しくないように手で目元に影を作っていると、洗濯を干し終えた蒼一郎がカゴを抱えてやってきた。

「伯父はよく〝骨董に対する情熱は、若かりし頃の恋のようなものだ〟と言っていた。一目で囚われ、寝ても覚めても脳裏に浮かぶのは愛しい君の姿ばかり。もしも他人の手に渡ってしまったらと思う度に胸が潰れ、気付けば、君に会いに店頭へ足を運んでいる——となな。それでつい、財布の紐が緩んでしまうそうだ」

尊は土蔵の中身を思い出し、苦笑した。

「随分と浮気性な恋ですね」

「女性関係では、浮いた話の一つもない人だったんだがな」

できれば会ってみたかったな、と尊は思った。蒼一郎や千種から話を聞く限りでは、よほど個性的な人物だったらしい。そこでふと、幽霊が憑いていた花器のことが脳裏を過った。

「そういえば、もしもあの花器に霊が憑いていなければ、水森さんの企みは誰にも気付かれなかったかもしれませんね」

「その花器を選んだのは本人だ。因果応報ってやつだな」

タオルの皺を伸ばすために腕を振っていた蒼一郎は、容赦のない言葉を紡いだ。力の込め方が悪いせいでちっとも皺が伸びてはいないのだが、太腿に珠子の頭が乗っているので尊は動けない。むっとした蒼一郎は、最終手段とばかりにタオルの皺になっている箇所を左右から直接引っ張りはじめた。

「水森は修復師の仕事を辞めるそうだ。息子がその跡を継ぐらしい」

「辞めちゃうんですか？」

「千種の言葉がよほど応えたんだろうな。自分なりにケジメをつけたかったのかもしれん」

「なんか、後味の悪い感じになっちゃいましたね……」

むろんすべての責任は水森本人にあるのだが、依頼品をすり替えるのではなく、新たな持ち主となった蒼一郎に譲ってほしいと交渉するなり、他にも手はあったのではないかと思ってしまう。それとも水森は、もしも相手も自分と同じように花器を気に入ってしまい、手放さなかったらとでも思い込んだのだろうか。恋は盲目というが、まさか骨董品相手にも発揮されるとは。

「でも、メールアドレスに添付した写真が残っているとは思いませんでした」

「あれはただのはったりだ」

あっけらかんと告げられた言葉に、尊は目を丸くした。洗濯物を片手に振り返った蒼一郎は、得意げに笑う。

「メールの送信記録をいちいち削除する奴は滅多にいないだろ。たぶん残ってるんじゃないか、という程度だ。そもそも伯父が修復の依頼をメールで行っていたこと自体、当てずっぽうだったからな。直接持ち込んでいたらアウトだ」

「ええー……。すごく自信ありげだったから、てっきり確信があるんだと勘違いしちゃったじゃないですか」

「あの時は調べている余裕なんてなかったからな。本当なら、もっとこっちの手札を増やして、満を持して挑むべきだったんだ。それを千種の馬鹿が先走りやがって。相手に考える余裕を与えないためにも、多少強引にでもあの場で決着をつけたかったんだ」

自分だったら、絶対に顔に出ていた。きっと蒼一郎の心臓は鋼《はがね》でできているに違いない、と尊は確信した。それとも弁護士はポーカーフェイスができなければ、務まらないのだろうか。

「でも、千種さんだってすごかったんですよ。一目で、花器がすり替えられていることに気付いたんですから」

今回の件が早々に解決できたのは、蒼一郎の活躍もあるが、千種が花器のすり替えに気付いたことが大きい。彼女がいなかったら、尊たちは見当違いの場所を延々とさ迷っていたはずだ。

「あいつには兄が二人いるが、なんで千種が骨董屋を継いだと思う？」

「お兄さんたちが違う職業に就いたからですか？」

「違う。千種に目利《めき》きの才があったからだ。骨董屋というのは、信頼が第一なんだよ。まあ、これは骨董屋に限った話じゃないけどな。利益を上げるために偽物を本物だと偽って売りつける奴もいるが、それじゃあ顧客は離れていくばかりで長くは続かない。目利きの才がなく、本物か偽物か見分けられない場合も同じだ。顧客を絶やさずに骨董屋を続けるには、それ相応の才がなけりゃ務まらねぇんだよ」

洗濯物を無事に干し終えた蒼一郎は、満足げに頷いて縁側に腰を下ろした。そして、床の間に視線を向ける。

そこには幽霊憑きである花器が飾られ、壁には一幅《いっぷく》の掛け軸が掛けられている。描かれているのは、梅の枝に留まる一羽の鶯だ。そこに花器を添えると、まるで一つの構図のようにしっくりとくる。

蒼一郎が口にしたお願いというのは、すり替えられた花器と一緒に飾られていた骨董品を譲ってほしい、というものだった。水森は疑問に思ったようだが、それで示談にしてもらえるのならばと了承した。

「よくあの花器を手元に置こうと思いましたね」

「悪いもんじゃなかったからな。お前は間違っても触るんじゃねぇぞ」

「わかってますって。でも、これ二つでいったい幾らしたんですか？」

「本来のものよりはかなり安めだ。無償で譲ると言ってたが、それはそれで後で問題になる場合もあるからな。俺が脅して骨董品を奪ったと訴えられる可能性がないとも限らん。正式な手続きを踏んだ方が、禍根を残さずに済むこともあるんだよ」

なるほど、と尊は頷いた。ちなみに原因となった本当の花器は、修復されないまま由良家に戻ってきた。できれば修復しないままにしてほしいという水森の願いを汲み、そのまま土蔵に保管されている。

「〝天にあっては願わくば比翼《ひよく》の鳥となり、地にあっては願わくば連理《れんり》の枝とならん〟」

「なんですか、それ？」

「自分で調べろ」

気になったのでズボンのポケットに入れておいたスマートフォンを取り出し、台詞のはじめの方を検索する。

「中国唐《とう》の時代、白居易《はくきょい》という詩人によって作られた長恨歌《ちょうごんか》の一節？　あ、白居易って世界史のテストで出たかも。ひ、つばさ、れん、り？」

「比翼連理だ」

「そう読むんですか。夫婦仲が睦《むつ》まじいことのたとえなんですね」

花器と掛け軸に描かれた梅の枝は、まるで一本の木から伸びているように見え、互いに向き合う形で描かれた鶯は仲睦まじい夫婦に見える。これで作者が違うというのだから驚きだ。

「確かに、仲のいい夫婦のように見えますね」

「お前はもっと勉強すべきだな。白居易は歴史だけじゃなく古典でも習うぞ」

悔しいが反論はできない。自分だって家事能力が欠如しているくせに。ふて腐れながら、尊は蒼一郎に訊ねた。

「泣き声は、もう聞こえませんか？」

「ああ。代わりに時折、朗らかな笑い声が聞こえるよ」

尊は目を細めた。

朝靄のように漂う白い影に、女性の横顔が過る。

その口元は幸せそうに微笑んでいる気がした。

第三話　泥の騎士

空梅雨の反動か、七月に入ってすぐ、バケツをひっくり返したような土砂降りが続いた。ようやく天気予報の画面から傘マークがなくなって、数日振りに晴れ間が覗いた日のこと。尊は自宅からバスで二十分ほど離れた、山沿いの地区に来ていた。

眼前に広がるのは、広範囲に渡って崩れた山の斜面である。ニュースで映像を見ていたが、実際の現場は壮絶の一言に尽きた。何メートルもある樹木や一抱えもある岩石がいたる所に転がり、その一部が道路を塞いだり、民家の敷地に雪崩《なだ》れ込んだりしている。幸いだったのは人的被害が出なかったことだ。土砂災害警報が出ていたお陰で、山沿いの住人たちはみな、近くの小学校に避難していたらしい。

どの家でも、土砂を掻き出したり、使えなくなった家電や家具を外に出したりと、ひっきりなしに人々が出入りしている。尊はその中を、おぼろげな記憶を辿りながら進んでいく。見覚えのある赤いトタン屋根はすぐに見つかった。

玄関先で泥だらけになりながら家電を運んでいる少年に、尊は急ぎ足で駆け寄った。

「海夏人《かなと》！」

まだ本格的な夏前だというのにすっかり日に焼けている少年は、尊を見るなり驚いたように目を瞠った。仙波《せんば》海夏人。中学時代の同級生である。野球のスポーツ推薦で県内の強豪校に進学した海夏人とは卒業式以来だが、変わらない姿に安堵する。母親から、「海夏人君のお宅が土砂崩れに巻き込まれて大変みたいよ」と言われた時は、心臓が止まるかと思ったほどだった。

「え、なんで尊が？」

「母さんに聞いたんだよ。連絡くらい寄越せよな」

「あー……悪い。心配させちゃうかと思ってさー」

スポーツ刈りの頭を片手でがしがしと掻き、海夏人は決まり悪げに苦笑いした。連絡がない方が心配するだろう、と尊は腹立たしく思いながら、持ってきた紙袋を海夏人に突き出した。

「これ。タオルと母さんが作ったお握り」

「ありがとな。めっちゃ助かる！」

持って行きなさい、と母親に渡されたものだ。タオル類はいくらあっても困らないだろうし、一つずつラップで包んだお握りは片手間に食べられる。嬉しそうに破顔した海夏人は、ちょうど腹が減っていたのか、きらきらした眼差しを紙袋に注いでいる。

「あとは手伝い。人手は多い方がいいだろ」

「尊大好き！　愛してる！」

「はいはい。うわー、けっこう酷いな」

抱きつこうとしてくる海夏人を押し退《の》け、玄関から家を覗き込む。勢いよく流入してきた土砂は壁や窓を突き破り、一階は見るも無惨な姿に成り果てていた。

「一応、長靴と軍手は持ってきた。着替えも準備してあるから、なんでも言ってくれ」

「じゃあ、俺と一緒にスコップで泥の掻き出し作業をしようぜ。あ、その前に尊が来たってこと、母さんに知らせてくる！」

そう言うなり、海夏人は紙袋を持って家に駆け込んで行った。相変わらず元気いっぱいだな、と尊は記憶よりも一回り大きくなった背中を見送りながら苦笑する。

「……しかし、本当に酷いな」

玄関先には、使えなくなったテレビや炊飯器、電子レンジ、ポットなどの家電が泥まみれになって並んでいる。庭先を覗けば、畳や襖《ふすま》が無造作に積まれていた。これでも山裾に近い住宅に比べれば、被害は少ない方だろう。ニュースでは半壊状態の家が幾つも映っていた。

「母さん今、手が離せないみたいでさ。タオルとお握り、めっちゃ喜んでた」

ばたばたと足音を立てて戻ってきた海夏人は、満面の笑みで答える。すでに口元に米粒がついているのはご愛敬だ。

「それで、どこからやればいいんだ？」

長靴に履き替え軍手を装備した尊は、渡されたスコップを片手に土砂に埋もれた周囲を見回した。正直、どこから手をつけていいのかわからないほど酷い有様である。

「庭に泥が溜まっててさ。そこを優先的にやれって。泥が乾く前にやんないと、大変なんだって」

「ああ、固まったら面倒だもんな」

「泥は土嚢《どのう》袋に入れて表に出しとくと、回収してくれるんだ」

明日は筋肉痛だな、と尊は心中で嘆息した。今日が土曜日でよかった。よし、と気合いを入れてスコップを肩に担ぐ。

「あ、スマホはリュックに入れておいた方がいいぞ。ポケットに入れてたら、泥にダイブしちゃってさぁ。無事だったけど、臭いが取れないんだよな」

「忘れてた」

いつもの癖でズボンの横ポケットに入れてあるスマートフォンを取り出し、着替えが入っているリュックに押し込む。その際、きらりと光ったストラップに目をとめた海夏人が、意外そうな声をあげる。

「ずいぶん可愛いイルカのストラップだな。そういうの好きだったっけ？」

「もらったんだよ。水族館のお土産なんだってさ」

「女の子か！」

「七歳の、な」

「ええっ、お前いつの間にそういう趣味に」

「そんなわけないだろ」

海夏人の頭を殴って、リュックを玄関脇に広げられていた青いシートの上に置いた。珠子は先日、千種夫婦と一緒に水族館に行ってきたそうだ。蒼一郎はお留守番で、珠子はそんな父親にも尊と同じイルカのストラップをお土産に買ってきたそうだ。

もちろん蒼一郎もスマートフォンにつけているため、三十六歳のおっさんと男子高校生がお揃いのストラップをつけるというなんともシュールな状況ができあがってしまったわけだが、珠子の〝つけてくれないの？〟という眼差しに勝てる者は存在しなかった。

「でも、ちゃんとつけてるなんて、尊ってけっこう律儀だよな」

「ものすごく悩んで選んでくれたみたいだからさ。そういうのって、嬉しいだろ」

イルカにするか、クジラにするか、それともペンギンか。ストラップが並んでいる売り場で、珠子は難しい表情をしながら長考していたらしい。こっそり千種が教えてくれたのだ。

「七歳か……。いや、十年後なら大丈夫か？」

「お前はどうして、すぐ恋愛方面に持って行きたがるんだ。それに十年後でも、まだ相手は未成年だからな。くだらないこと言ってないで、さっさとはじめるぞ」

「へーい」

敷地の三分の一を占める庭は、流れ込んできた土砂で物の見事に埋まっていた。ブロック塀はきれいに薙《な》ぎ倒《たお》され、庭木も大半がくの字に折れている。泥が乾く前にすべて片付けるのは一苦労だ。

それに気温が上がってきたせいで、泥の臭いが強くなっている気がする。今日の最高気温は、と考えて尊は顔を顰めた。天気予報士が「今日は八月上旬並みの暑さです」と言っていた記憶がある。

「これ、ショベルカーを頼んだ方が早いんじゃないか？」

「だよなー。道路が塞がってる関係で、まだここまで来られないんだってさ。でも、午後になったらボランティアの人たちが手伝いに来てくれるみたいなんだ。母さんが言ってた」

「へぇ」

尊は相槌《あいづち》を打ちながら、スコップで足下の土砂を持ち上げた。それを土嚢袋に入れていく。スコップに載る程度の量なのに、ずっしりとした重みが両腕にかかる。水分を含んだ土は、こんなにも重いものなのか。途中、土砂の中に隠れていた倒木を撤去したり、溜まった土嚢袋を表に運んだり、たまに休憩を挟んで、また同じ作業を繰り返す。時間はあっという間に過ぎていき、比例するように表に積まれた土嚢袋の数も増えていった。

それに気付いたのは、土嚢袋の残りがあと三枚になった時だった。

海夏人は土嚢袋を無料配布している近所の小学校に行っていて、尊は一人で黙々と作業に勤《いそ》しんでいた。不意に、全身に絡みつくねっとりとした生温《なまぬる》い風を感じた。作業の手を止めて、痛む腰を伸ばしつつ辺りを見回す。

土砂は尊と海夏人の頑張りで、当初の三分の一ほどが撤去されている。時刻は午後一時を回っているので、そろそろボランティアの人々もやって来る頃だろう。人数が増えれば、ペースも上がるはずだ。

「……なにもない、よな?」

視界に気になるものは映らない。にもかかわらず、両腕には鳥肌が立っていた。首筋の後ろがぞわぞわして、悪寒が止まらない。なにかが近くにいる証拠だ。口内に溜まった唾を飲み込んで、尊はもう一度、周囲を見回した。

――いた。

折れ曲がった植木の側に、泥の塊があった。しかし、それはよく見れば人の形をしていて、顔の左側半分と右腕を辛うじて視認することができる。体格から、成人男性だろうと推測された。

　その死者を思わせる濁った瞳が、ひたりと尊に向けられている——気がした。

「なんで……」

　こんな場所に霊が。以前、海夏人の家に来た時は、あんなものはいなかった。泥だらけの姿から察するに、土砂崩れで犠牲になった人だろうか……いや、今回の災害で犠牲者は出ていない。それとも誰も気付かないだけで、実は巻き込まれていた人がいた？

「おい、尊」

「うわっ！」

　いきなり肩を摑まれ、尊は悲鳴をあげた。慌てて振り向くと、土嚢袋を抱えた海夏人が立っている。

「驚かせるなよ！」

「悪い悪い。それより、ボランティアの人たちが来てくれたんだ。交代してさ、昼飯を食っちまおうぜ」

　海夏人が指差す方を見れば、二十代から四十代ほどの男性が二人と、二十代半ばほどの女性が一人、それぞれスコップを片手に立っていた。

「お弁当も配ってたから、貰ってきたんだ。早く食おう！」

よほど腹が減っているのか、海夏人は尊の手からスコップを取り上げ壁に立て掛けた。なぜこんな所に泥だらけの霊がいるのか気になったが、だからと言って尊にできることはなにもない。見えない振りを装って、極力、近付かないように気をつけるしかなかった。

「ほい、ウェットティッシュ」

「どうも」

玄関前に回って軍手を外すと、海夏人がウェットテッシュを差し出してきた。水道が止められているため、今はこれで我慢するしかない。リュックから予備のタオルを取り出して、額の汗を拭う。

「暑いな」

「午後はもっと暑くなるらしいぜ。水分はとっとけよ」

「気をつける」

水分よりも気をつけねばならないものが庭にいるのだが……。昼食をとったあとは、庭ではなく別の場所を掃除できないものだろうか。人前でうっかりあれに触ってしまったら、大惨事は免れない。

「荷物だらけだけど、二階で食おうぜ」

「この格好で中に入っていいのか？　けっこう汚れてるぞ」

尊は自分の体を見下ろした。飛び散った泥が乾いて、Tシャツやジーパンを叩くだけで大量の埃が舞うほどだ。昼食をとったあとも働くつもりなので、今ここで帰りの服に着替えたくはない。

「気にすんなって。一階ほどじゃないけど、二階もそこそこ汚れてるし。あ、これ持って先に行っててくれ。お前が持ってきてくれたお握りも取ってくるから」

渡されたビニール袋には、弁当が二折りとペットボトルが二本入っていた。海夏人はこれだけでは足りないらしい。尊も普段なら弁当だけでは足りないのだが、動きすぎたせいで逆に食欲が湧かなかった。

二階に上がった尊は、廊下に所狭しと並べられている荷物に気をつけながら、空いていたスペースにビニール袋を置いた。窓を開けると、土の臭いまじりではあるが心地よい風が通り過ぎていく。

ちょうど庭側に面した窓だったため、土砂を取り除く作業をはじめたボランティアの人たちを眺めることができた。

「……やっぱり、いるなぁ」

泥だらけの霊は先ほどと同じ場所にいた。ボランティアの人たちには見えていないので、やはり間違いなくあれは幽霊なのだろう。折れた植木を運ぼうとしている男性が霊に近付いたので、尊は思わず首を竦めた。

なぜ自分には見えて、彼らには見えないのか。視覚の器官は同じなのに、人によって見えるものがこうも違う。本当に不思議だ。

「持って来たぞー」

階段を上る足音が響いて、海夏人が姿を見せた。その手にはラップに包まれたお握りが四つもある。

「俺、弁当だけで充分なんだけど」

「そうなのか？　じゃあ、俺が全部食う！」

食い過ぎだろうとは思うが、運動部員の胃袋はこんなものなのかもしれない。お握りは飲み物ですと言わんばかりの勢いで、次々と胃袋に納めていく友人の姿に尊は苦笑した。

「そういえば、今はどこに住んでるんだ？」

「祖父《じい》ちゃんたちのとこ。学校が近いから、逆に通学は楽だぜ。一階はもうこんなだから、リフォームするしかないってさ。ほんと、ついてないよな」

「でも、誰にも怪我がなくてよかったよ」

「不幸中の幸いってやつだな」

ふと脳裏を泥だらけの男が過った。犠牲者はいなかった。なのになぜ、彼はあんな泥だらけの姿をして、土砂の中に佇んでいるのだろう。

「なあ。今回の土砂崩れで亡くなった人はいないんだよな？」

「そう聞いてるけど。なんでそんなこと訊くんだ？」

「実際に現場を見たら、思ってたよりも被害が酷くてさ。よく誰も巻き込まれなかったなって」

尊は適当な理由をつけて誤魔化した。別の場所で見掛けたのであればここまで気にしなかったのだが、友人の自宅の敷地内というところが問題だった。害はなさそうなので、放置しても大丈夫だとは思うのだが……。

たまにいるのだ。絶対に近付いたら駄目だと思うような、恐ろしいモノが。

「さて。ご飯も食べたし、そろそろ戻るか」

「えー、もうちょっと休んでこうぜ。食ってすぐに動くと、体に悪いんだぞ」

「早くしないと、泥が固まって大変だって言ってたのはお前だろ」

「そうだけどさー」

空になった容器をゴミ袋に入れて、尊は立ち上がった――その時だった。

外がにわかに騒がしくなる。

掠れた悲鳴。

誰かが、「警察に連絡を」と叫んでいる。

ただならぬ雰囲気に、尊はゴミ袋を投げ捨てて二階の窓から身を乗り出した。

ボランティアの人たちの他に、近くで作業していた大人たちが庭先に集まっている。女性が一人、人だかりから離れた所で、真っ青な顔でへたり込んでいた。人が集まっているのは、ちょうど泥だらけの霊が立っている辺りだ。

「どうしたんだ？」

事態を呑み込めていない海夏人が、不思議そうな表情で隣に並ぶ。庭先に集まっている人たちを見て、「誰か怪我したのか？」と心配そうに呟いた。

嫌な予感がした。集まった人々は、慌てた様子で土砂を取り除いている。

「あんたたち！」

階段の下から、慌てたような声が響いた。海夏人の母親のものだ。

「窓を閉めて、そこで待ってなさい。絶対に降りてくるんじゃないよ！」

「あ、おい、尊！」

尊は指示通りに窓を閉め、鍵を掛けた。たぶん自分の嫌な予感は当たっている。そうでなければ、温厚な海夏人の母親があんな叫び声をあげるはずがない。

「どうしたんだよ？　顔が真っ青だぞ」

――そりゃ、顔色だって悪くなるさ。

埋まっていたのだ。

自分たちが、今まで作業していたあの場所に。

尊が見た霊と同じように、泥に埋もれた死体が。

「そりゃ、災難だったな」

実にのんびりとした口調で、蒼一郎は告げた。和室のテーブルに突っ伏した尊は、恨めしげな視線を蒼一郎に向ける。

「もう大変だったんですからね！」

眦《まなじり》を吊り上げながら、尊は一週間前のことを思い出した。

連絡を受けた警察が到着してから、場は騒然となった。この頃には海夏人もさすがになにが起こったのかわかったようで、真っ青な顔をして気の毒なくらいぶるぶると震えていた。

もう片付けどころの話ではない。しかたなく尊は家に帰り、その日はそれで終わった。

問題が起こったのは、翌々日の月曜日のことである。登校すべく玄関のドアを開けた瞬間、尊は自分の目を疑った。

玄関のすぐ脇に、泥だらけの霊が立っていたのだ。

理由はわからないが、どうやら尊についてきてしまったらしい。なぜ、どうして、と思いながらも、尊は泥だらけの霊を振り切るように駆け足で学校に向かった。一時限目、二時限目と時間は過ぎていき、さすがにここまでは追って来られないだろうと安堵の息をついた時だった。

泥だらけの霊が、三階にある教室の窓からこちらを覗いていたのだ。悲鳴を堪えた自分は偉い。それから授業が終わるまで、泥だらけの霊はその場から動かなかった。見ないようにはしていたが、常に感じる視線に緊張を強いられ、クラスメイトたちから具合が悪いのかと心配されてしまったほどである。

放課後になって、尊は朝と同じように駆け足で電車に飛び乗った。嫌な予感に怯えつつ、帰宅してから三時間後、恐る恐る玄関のドアを開けてみれば、予想通り泥だらけの霊が立っていた。

せめてもの救いは、尊をストーカーの如く追い掛けてくるが、近付いたり襲い掛かったりはしないことである。じりじりと精神を削られながら土曜日になるのを待って、尊は早朝から由良家に駆け込んだのだった。

今もまた、泥だらけの霊は由良家の庭先で佇んでいた。

「というか、なんでうちまで連れてきてんの。元の場所に返してこい」

「それができたら、苦労はありませんよ……」

いや、返す先も友人宅なので微妙だが、遺体が発見された現場に戻ったところで泥だらけの霊が尊から離れてくれる保証はない。

「今まではどうしてたんだ？　連れてきたこともあったんだろ？」

「ないですよ。見掛けたら、絶対に近付かないようにしてましたから」

「見えるというだけで、別に取り憑かれやすい体質ではないのか」

「そう言われれば、そうですね。これで取り憑かれやすい体質だったら詰んでますよ」

触れただけで霊が実体化するのだ。尊の周囲は阿鼻叫喚だっただろう。そう思うと、泥だらけの霊はなぜ尊について来てしまったのか。追い掛けては来るが、一定の距離を保って傍にいる、ただそれだけだ。

「害がないならいいだろ」

「花器の幽霊とはまた別物ですよ」

溜息をついて、尊は床の間に飾ってある花器と掛け軸を一瞥した。たまにふわりと白い影が過るそれは、花器に憑いた女性の幽霊だ。所有者は別にいたが、とある出来事がきっかけで蒼一郎が購入するに至った骨董品である。害はないからと、蒼一郎は床の間に飾っていた。

「こっちは追い掛けて来ませんし」

「面倒臭ぇな。どうせ今だけだ。葬式をあげれば成仏するだろ」

「でも、まだ身元がわかっていないようなんです」

全国ニュースにもなったので、遺体の身元が判明すれば報道されるはずである。テレビだけでなくインターネットの記事もチェックしている。それがないということは、身元の特定に難航しているのかもしれない。

「身元不明の遺体って、どうなるんですか？」

「いつまでもそのままにはできないからな。事件性がないと判断されたら、ＤＮＡを採取しておいて、無縁仏として埋葬されるはずだ」

「それまで待てってことですか……」

だがしかし、遺体が埋葬されたからといってその幽霊が成仏する保証はない。もしかして、ずっとこのままなんじゃ、と尊の脳裏を不吉な考えが過る。

「なんか、なんか喋ってませんか？」

「ああ？」

「だから、俺についてくる理由を呟いているかもしれないじゃないですか」

「なにも聞こえないぞ」

「もっと近くで、耳を澄ませてくださいよ」

「えー、おっさん面倒」

「人助けだと思ってお願いします！」

「実は洗濯物が溜まっていてな」

「やります！　やりますから！」

洗濯物を肩代わりするだけで蒼一郎を動かせるなら安い物だ。渋々といった様子で立ち上がった蒼一郎は、縁側に揃えてあった下駄《げた》を履いて尊を振り返った。

「どの辺りだ？」

「池の手前です。ちょうど植木がある辺りですね」

「思いっ切り庭先まで入り込んでんじゃねぇか。不法侵入罪だぞ」

ぶつぶつと文句を言いながら、蒼一郎は指示された場所に歩を進める。霊に近付くことに対してトラウマ並みの抵抗感がある尊は、それをハラハラしながら見守った。今更だが、蒼一郎の体に害はないだろうか。

「あ、そこ。その辺りです。目の前にいますから、もう進まないでください」

「なんも見えねぇな」

「なにがあるかわからないから、絶対に触らないでくださいよ」

「お前、それでよく俺に近付けって言ったな」

見えねぇのに触れるわけねぇだろ、と蒼一郎は溜息をつきながら目の前の空間を凝視する。泥だらけの霊は相変わらず、尊を見詰めたままだ。隣に立つ蒼一郎に気付いた素振りは見せない。

しばらくして、蒼一郎は首を横に振った。

「駄目だ。なにも聞こえん」

「本当ですか？」

「すべての霊が喋るってわけじゃねぇだろ」

それはそうだが、なにか一言くらいヒントになりそうな言葉を呟いてくれればいいのに。がっくりと肩を落とした尊に、蒼一郎はしたり顔で頷いた。

「残念だったな。そういうわけで、洗濯物は頼んだ」

「……わかりましたよ！」

結果はどうであれ、交換条件を呑んだのは自分だ。今日はいい天気だし、今から洗濯機を回して庭先に干せば夕方には乾くだろう。そこでふと、尊はいつも真っ先に出迎えてくれる少女の姿がないことに気付いた。

「そういえば、珠子はまだ寝てるんですか？」

「菖蒲が連れてった」

「ええっ！　なに悠長にしてるんですか。大問題ですよ！」

椿菖蒲は珠子の母方の叔母である。自分の姉が亡くなってから、珠子の親権を主張した人物だ。泥だらけの霊も問題だが、これはそれをさらに上回る大問題である。早く珠子を連れ戻さねばと、尊は慌てて立ち上がった。

「そういうんじゃねぇよ。たまにはあっちの家にも、孫の顔を見せてやらないとな」

蒼一郎の言葉に、尊は胸を撫で下ろした。どうやら、椿に誘拐されたわけではないらしい。

「由良さんは行かなくてよかったんですか？」

「俺はあの家にとって、厄介者だからな。行ったところで門前払いさ」

淡々とした口調には、諦めの感情が滲んでいるような気がした。珠子の母親がなぜ亡くなったのかは聞いていない。しかし、以前、由良家に押し掛けてきた椿の反応を見るに、複雑な事情がありそうだ。

「じゃあ、今日は珠子はいないんですね」

「夜には帰ってくるが……菖蒲があの手この手を使って泊まらせようとするからな。まあ、珠子がその誘惑に屈したことはないが。悔しがるあいつの顔は見物だぞ」

得意げな顔で蒼一郎はニヤリと笑った。こういう態度が椿の怒りを煽《あお》るのだが、本人も確信犯のため手の施しようはない。怒り狂う義妹を飄々《ひょうひょう》とした態度で翻弄し、楽しんでいるのだ。

「じゃあ、これは由良さんから珠子に返しておいてください」

リュックからうさぎのぬいぐるみを取り出し、テーブルに置く。それを見た蒼一郎は訝しげに眉を寄せた。

「……どうして、これをお前が持ってる？」

「はじめてここに来た時に、珠子が通学用の鞄に入れちゃったみたいなんですよね。返そうとは思っていたんですけど、ずっと忘れてて」

「珠子が入れたって言ったのか？」

「あー、そういえば言ってないかも。でも、珠子しかいないじゃないですか」

まさか蒼一郎がうさぎのぬいぐるみを尊の鞄に入れるとは思えない。消去法でぬいぐるみを入れたのは珠子ということになる。しかし、なぜか蒼一郎の顔は険しいままだ。

「珠子にはむりだ」

「え？」

「これはボストンバッグに入れて、押し入れの上段――それも奥の方に置いていたんだ。珠子が持ってこられるわけがない」

「え、じゃあ……」

誰がこれを尊の鞄に入れたのだ。薄気味の悪さを感じて、尊はぶるりと体を震わせた。

「……この家にいたずら好きな霊がいたりして？」

「見たことあんのか？」

「ないです。霊が住み着いていても、不思議はないくらいの年代物ですけどね」

何度か由良家を訪れているが、花器に憑いている霊以外に気配を感じた覚えはない。尊はテーブルに載せたうさぎのぬいぐるみを見詰め、首を捻った。

「そういえば、これって手作りですよね。誰が作ったんですか？」

少し不格好なところに愛嬌があって、なかなか可愛いぬいぐるみだと思う。タグがついていないので、既製品ではないことがわかる。

「……嫁さんだ」

「ええっ。そんな大切なものをずっと持っててすみませんでした」

「気にすんな。元々、押し入れにしまっておいたやつだからな」

ぬいぐるみに向けられた蒼一郎の視線からは、なんの感情も読み取れない。でも、普通は遺品ってもうちょっと大事にするものだよな、と尊は内心で考え込む。いや、思い出の品があると辛いからと、あえてしまっておくという人もいる。珠子が母親を恋しがるといけないから、目につかない場所にしまっておいたという可能性だってあるのだ。

「その……由良さんの奥さんは、どうして亡くなったんですか？」

「交通事故だ」

「巻き込まれた、とか？」

「いや。単独事故だったと聞いてる。運転を誤りガードレールにぶつかって……まあ、打ち所が悪かったってやつだ」

淡々とした口調からは、やはり蒼一郎の内心を窺うことはできなかった。千種は、蒼一郎も奥さんのことでショックを受けているはずだと言っていたが、こうして会話している分には問題ないようにも思える。

「すみません、立ち入ったことを聞いちゃって。ええと、うさぎのぬいぐるみですけど、珠子が帰ってきたら渡してください」

誰が鞄に入れたのかわからないので気味悪さは残るが、母親の形見だと思えば珠子の手元にあった方がいい。

「それと、貰ったイルカのストラップですけど、スマホにつけることにしたって伝えてください」

「……ああ」

するとと今まで無表情だった蒼一郎が、急に顔を顰めた。

「待て。携帯は止めろ。俺もつけてるんだぞ」

「通学鞄にはちょっと恥ずかしくてつけ辛いんですよ。嫌なら由良さんが別の物につけ替えてくださいよ」

「携帯以外につけるとこがねぇんだよ。そもそもお前が珠子から土産を貰ったこと自体が気に食わないんだ。洗濯の他に、庭掃除も追加だ！　塵《ちり》一つ残すなよ！」

「大人げないなぁ……」

娘が関わると、途端に視野が狭くなってしまう蒼一郎に尊は嘆息した。とりあえず、さっさと洗濯機を回してしまおう。ズボンのポケットに入れておいたスマートフォンをテーブルの上に置いて、尊は脱衣所に向かうのだった。

だから気付かなかった。

泥だらけの霊が、尊ではなくテーブルに置いてあるスマートフォン——そのストラップを見ていることに。

　七月も半ばであるが、日が昇りはじめる頃の空気はひんやりとして肌に心地いい。尊は欠伸を嚙み殺しながら、地面に転がるペットボトルを拾ってゴミ袋に入れた。

「けっこう拾ったな」

　パンパンに膨れたゴミ袋を眺め、尊は満足げに頷く。本来なら日曜日の朝は心行くまで惰眠を貪《むさぼ》っているはずであった。しかし、急ぎの仕事が入ったという母から、町内会の清掃作業への参加を強制させられてしまったのである。

　いつもなら代わりを務めてくれる父親は、昨日から出張で不在中。お小遣いをあげるからと言われれば、頷く以外に他はない。男子高校生のお財布事情など、そんなものだ。

　清掃作業は朝六時から一時間ほど。近所の公園を重点的に、ゴミ拾いや草毟《くさむし》りなど手分けしての作業が行われていた。見える箇所には少ないが、ベンチの後ろや側溝の隙間など意外と落ちているゴミは多い。それを拾い集めれば、ゴミ袋はあっという間に満杯になった。

「今日はなにしようかなー」

他にゴミはないかと周囲を見回しながら、尊はぽつりと呟いた。土日はゆら心霊相談所でのバイトだが、そもそも相談依頼が入らなければ出勤する必要はない。今日は蒼一郎から連絡がなかったので、もう仕事は入らないだろう。

せっかくだから友達と遊ぼうかな、と頭の端で考える。何人かに電話すれば、同じように暇を持て余している奴はいるはずだ。ただその場合、こいつもついてきちゃうんだよな、と尊は一定の距離を置いた場所に立っている泥だらけの霊を一瞥した。

こんなものを引き連れている状態では、気になって遊びどころの話ではなくなってしまいそうだ。やはり今日は家で大人しくしているべきだろうか。ゴミ袋を片手に悩んでいる時だった。

微かにではあるが、泥だらけの霊の体がピクリと動いた気がした。見間違いかとも思ったが、不意に尊とは反対方向へ動き出した。唖然としている間にも、じょじょに尊から遠ざかっている。

「なんで……？」

今までストーカーのように尊に張りついていたのに、なぜ突然、興味を失ったかのように離れていくのか。尊としては歓迎すべきことなのだが、あまりにも唐突すぎて困惑が先に立ってしまった。

このまま放っておけばいいのだが……。

しばらくの逡巡の末に、尊は泥だらけの霊を追い掛けることにした。このまま家に帰っても、どうせ行き先が気になって他のことが手につかなくなるに決まっている。幸い、スマートフォンはズボンのポケットに入れてあるので知らない場所でも迷子になる心配はない。ただ目的地が遠方で歩ける距離でなかったら、諦めるしかないが。

「お疲れ様でしたー」

ゴミを係の人に手渡して、尊は泥だらけの霊の後を追う。今日は長い一日になりそうだなと嘆息して——。

どれだけ歩いただろう。スマートフォンを確認すれば、時刻はもう午前十時を回ったところだった。かれこれ三時間は歩き続けた計算になる。

さすがに周囲は見慣れた町並みではなくなり、ちょうど今は、小さなビルや商店が幾つも立ち並ぶ賑やかな界隈《かいわい》を進んでいるところだった。未だに泥だらけの霊が目的とする場所には辿り着かない。

これだけ歩いたのも久し振りだ。運動は嫌いではないが、さすがに休みもなく三時間も歩き続けると足の裏が痛くなってくる。午前中いっぱい歩いても辿り着かなかった場合は、諦めた方がいいかもしれない。財布は自宅に置いてきてしまったので、また歩いて戻らなければならないからだ。

しかし、尊の杞憂《きゆう》はすぐに消えた。古びたビルの手前で、泥だらけの霊がぴたりと足を止めたのだ。

「……ここ?」

もしかしたら生前の自宅に向かっているのかもしれないと思っていたのだが、どうやら当てが外れてしまったようだ。五階建ての古いビルは窓ガラスのひび割れも放置したままで、どう見ても人が住んでいるようには見えない。ビルをぐるりと囲ったコンクリートの塀には、会社名が入った看板を取り外したような跡があった。元はなにかの会社が入っていたのだろう。

泥だらけの霊はそのままガラス張りのドアを擦り抜け、中に入っていってしまった。尊もそれに続こうとするが、生憎と正面玄関には鍵が掛けられている。

「さすがにガラスを割るのはまずいよな……」

そうでなくとも中に入るだけで不法侵入罪になってしまうのだ。こういう時ばかりは、壁に阻まれない幽体が羨ましく思えてしまう。

「裏口はどうだろ?」

意外と鍵が古びて壊れているかもしれない。雑草だらけの横道を通って、尊はビルの裏側に辿り着いた。一台の車がギリギリ通れるほどの道に面していて、周囲を背の高いビルに囲まれているせいか昼間でも薄暗く感じられた。もちろん、出歩いている人の姿もない。予想通り、裏口はすぐに見つかった。尊は緊張しながら、試しに色褪《いろあ》せた鉄製のドアノブを回してみる。

「……開いてる」

カチャ、と軽い音がして、ドアノブはなんの抵抗もなく回ってしまった。手前に引けば、当然のようにドアが開く。尊はそれを茫然と見詰めた。

――どうしよう。

つい勢いでここまで来てしまったが、不法侵入となれば話は違ってくる。このまま見なかったことにして帰った方がいいのではないか――そんな考えが脳裏を過った。蒼一郎と知り合う前の自分なら、間違いなく踵を返していた。そもそも泥だらけの霊を追い掛けたりはしなかっただろう。

「でも、気になるし……」

少しだけだ。少しだけ中を見て回ったら、すぐに帰ろう。

「お邪魔しまーす」

小声で呟いて、尊は建物内に足を踏み入れた。ドアを閉めてしまうと、途端に薄暗さが増す。廃墟独特の不気味な雰囲気に、尊は思わず喉をごくりと鳴らした。ちょっと前に友達と遊んだホラーゲームに似ている。あれも廃墟の中を、懐中電灯一つで探検する話だった。

「とりあえず、あの霊を探そう。……別のもいそうだけど」

自分を鼓舞するように声を出して、尊は強引に足を前に進めた。元はなんらかの会社が入っていたのでは、という尊の予測は当たっていたようで、各部屋のドアには〝資料室〟やら〝事務室〟〝第一会議室〟などのプレートが嵌められている。

一室ずつ確認していくが、泥だらけの霊の姿はどこにも見当たらなかった。二階なのかな、と階段を上ろうとした時である。廊下の突き当たりにある窓から差し込む光に照らされて、床に複数の足跡が残っていることに気付いた。

よくよく確認すれば、それはまっすぐ裏口へと続いている。つい最近、誰かがここを訪れたのだろう。ちゃんと生きた人間の足跡だよな、と尊は内心で呟いて、端っこの方を靴で擦ってみる。あ、ちゃんと足跡が消える。

たまに学校や病院といった、特に年代物の建物の天井や壁に、手や足の跡が残っていたりするのだ。絶対に届かない箇所にくっきりとつけられたそれは、誰にでも見える場合もあれば尊の目にしか見えない場合もある。

一度、父親が運転する車でとあるトンネルを通ったあと、尊が乗っていた助手席側のドアに無数の手形がついていた時は本当に怖かった。

「ううっ。なんか不気味だな……」

そんなことを思い出しながら階段を上っていると、不意に誰かの話し声が聞こえた。

思わずぎょっとして、尊は体を縮こまらせる。まさか中に人がいるなんて。必死に息を殺して、耳をそばだてた。複数の声は、何事かを言い争っているようだった。距離があるせいで内容までは聞こえない。これは気付かれる前に戻った方がいい。不法侵入を咎められて警察を呼ばれでもしたら大問題だ。

今度は、足音を立てないように階段を降りようとした時だった。裏口が開く音が聞こえた。やばい。尊は急いで階段を上り、声が聞こえる方とは別の方向に進んだ。

そうこうしている間にも、階段を上る足音が近くなり、尊は慌ててすぐ傍にあった〝第三会議室〟と書かれたドアを開け中に滑り込む。じょじょに遠ざかっていく足音に、ようやく安堵の溜息をついた。

「寿命が縮んだ……」

ドアを背もたれに、尊はずるずると床に座り込んだ。改めて薄暗い室内を見回し、ぎょっとする。探していた泥だらけの霊がすぐ目の前に立っていたのだ。なんでこんな場所に。泥だらけの霊は尊に気付いた様子もなく、壁際をじっと見詰めている。

「ん？」

教室の半分ほどの室内は、ブラインドが下りているせいで廊下と同じくらい薄暗い。よく目を凝らすと、壁際に蹲《うずくま》る大きな黒い塊があった。泥だらけの霊はそれを凝視している。

なんだろう、と尊が近付くと、黒い塊がぴくりと揺れた。嫌な予感を覚えつつ恐る恐る確認してみれば、それは両手両足を縄で拘束された女性だった。年齢は尊よりも二、三歳ほど上だろうか。藍色のワンピース一枚という軽装で、靴下や靴も履いていない。腰までありそうな美しい髪は無残にも床に散らばり、口には声を抑えるためにタオルが嚙まされていた。

尊に気付いた女性は怯えるように瞳を潤ませ、よりいっそう体を小さく丸めた。

「待って！　危害を加えるつもりはないから！」

小声で釈明し、尊はとりあえず先ほどからバクバクと鳴り続けている心臓を宥めた。まさか泥だらけの霊を追い掛けていたら、明らかな犯罪現場に辿り着いてしまうとは思ってもみなかった。

焦るな、焦るな、と尊は自分に言い聞かせる。物音を立てて、別室にいる者たちに気付かれたらお終《しま》いだ。不法侵入を咎められるどころではなく、見つかったら尊も簀《す》巻《ま》きにされてこの女性の隣に並ぶことになるだろう。

「お姉さんは誘拐されたんだよね？」

どう見たってこれは誘拐だ。拉致《らち》監禁だ。尊の言葉に、女性は戸惑いながらも頷く。知らなかったとはいえ、誘拐現場に踏み込んじゃったよ……と、尊は頰を引き攣らせた。どうか夢であってほしいと思うが、頬を抓《つね》っても普通に痛かった。

「とりあえず、警察に通報して——」

しかし、スマートフォンを持つ手がプルプルと震え、上手く画面がタップできない。いくら落ち着けと念じても、こんな緊迫した場面に出会すなんてはじめての経験なのだ。

「あ」

指がずれて、発信履歴が画面に現れる。違う。ダイヤル画面にしたかったのに。元に戻そうと動かした指が、とある登録者名部分に触れた瞬間、通話画面に移ってしまう。だから違う。警察に掛けたいんだ。

画面に表示されたのは、〝由良蒼一郎〟の文字。

発信を取り消そうとした時、画面が通話に切り替わる。

『おい。今、取り込み中だ——』

「由良さん、助けて！」

思わず悲鳴のような声が出てしまった。いつもとは違う切羽詰まった声に蒼一郎もただごとではないと判断したのか、『どうした？』と真面目な声で聞き返してくる。

「ビルに入ったら、お、女の人が縛られてて」

『落ち着け。順を追って話せ』

「う、うん」

一度、深呼吸してから、尊は今までのことを頭で整理する。

「泥だらけの霊が俺から離れたんです。気になって後を追い掛けたら使われていないビルに入っていって、俺も裏口が開いていたから中に入ったんです。そしたら、誰かの話し声が聞こえて……見つかったら怒られると思って近くの部屋に隠れたら、そこに拘束された女の人がいました」

『……その女の名前は、浅井川紫《あさいかわゆかり》じゃないか?』

「あさいかわゆかり?」

呟きが聞こえたのか、女性が主張するように体を動かした。もしかして、と尊は女性に訊ねる。

「あさいかわゆかりさん?」

女性はしっかりと首肯《しゅこう》した。尊は混乱する。なぜ、蒼一郎は尊の話を聞いただけで、誘拐された女性の名前を言い当てられたのか。

「本人だそうです」

『場所はわかるか?』

「スマホの地図アプリを使えばわかると思います」

確か、尊がいつも使っている地図アプリには現在位置を特定する機能が備わっていたはずだ。

『よし。じゃあ、まずはそれを使って場所をメールで知らせろ』

「警察に通報した方がいいですよね？」

『必要ない。警察は目の前にいるからな』

「は？」

『いいか。場所を知らせたあとは、浅井川紫を連れて逃げられるようなら逃げろ。むりなら、連絡しろ』

「わかりました」

　頷くと通話が切れた。目の前に警察がいる――椿が来ているのかもしれないが、それだけでは蒼一郎が誘拐された女性の名前を知っている理由にはならない。もしかして蒼一郎もまた、自分と同じようにトラブルに巻き込まれているのだろうか。

　とりあえず、場所を知らせなければ。尊は手慣れた動作で、スマートフォンの地図アプリを起動した。先ほどまでの震えは、不思議と消えていたのだった。


　遡《さかのぼ》って、午前九時を少し回った頃。

　蒼一郎は両手で耳を塞ぎ、うんざり気味に天井を見上げていた。

　歳の離れた友人で、弁護士時代に仕事上のつきあいもあった人物、浅井川肇《はじめ》から、珍しく連絡があったのは昨夜のことだった。蒼一郎が携わった遺言書について相談に乗ってほしいという。弁護士は辞めたのだからと断ったのだが、友人として話を聞いてほしいと言われれば断るのも躊躇われた。

逡巡の末に了承した蒼一郎は、今朝、まだ寝ぼけ眼《まなこ》の珠子を幼馴染みに預け、浅井川家へとやって来た。

浅井川といえば、県内でも指折りの大企業の創業家である。その現社長である浅井川肇の自宅は、豪邸と呼んでも差し支えのない門構えで、若い頃は気後《きおく》れしたことを覚えている。門前で名前を告げると、顔見知りの秘書が出迎えてくれた。出会った頃は壮年だった男性秘書も、今では白髪まじりの初老に差し掛かっている。

その時に気付いていればよかった。滅多なことでは表情を変えない秘書が、なぜか蒼一郎の来訪に戸惑う素振りを見せた。訪問のことを聞いていなかったのかとも思ったが、それでもいつもの彼なら素知らぬ顔で蒼一郎を迎え入れていただろう。

そう言えば、来客用の駐車場には見慣れぬ車が三台ほど停まっていた。緊急の用事が入ったのであれば、連絡の一つもあっていいはずなのに。わずかな引っ掛かりを覚えつつも、蒼一郎は案内されるまま浅井川家の応接室に通された。

そして、なぜかその場にいた義妹に食って掛かられたのである。

「なぜ貴様がここにいる！」

「お前も、ほんと相変わらずだな。昨日さんざん罵《ののし》った癖に、まだ足りないのか」

「黙れ！　さっさと私の質問に答えろ！」

「黙秘権を行使しますー」

　椿を適当にあしらいながら、蒼一郎は応接室を素早く見回した。応接室というだけあって、無駄に豪奢《ごうしゃ》なソファーとテーブルが中央に鎮座し、火を入れるわけでもないのに壁際には立派な暖炉まで備えつけられている。天井には外国製のシャンデリア。床には気が遠くなるくらい細かな刺繡が施《ほどこ》された美しいペルシャ絨毯。壁には有名な現代画家の作品。来客を通す部屋もまた立派な武器なんだよ、と語る主人の趣味が色濃く反映された内装である。

　その応接室には、椿の他に刑事と思しき者が四名。そして蒼一郎を招いた浅井川肇とその弟である、浅井川銀次《ぎんじ》の姿があった。椿の言動を制止する者はいないので、おそらく彼女がこの場の責任者なのだろう。

「お邪魔そうなんで、また日を改めます」

「――待ってくれ」

　面倒事に巻き込まれるのはごめんだと、蒼一郎は速やかなる撤退を口にした。それを遮ったのは、肇である。

　五十五歳になる彼は、年齢の衰えを感じさせない堂々とした体格の持ち主だ。若い頃はもっと野心に溢れた眼差しをしていたが、年齢を重ねるごとに落ち着き、今は大企業の社長として相応《ふさわ》しい貫禄を身につけている。

その肇が、憔悴しきった表情を浮かべていた。休日ではあるが、服装もスウェットに白いポロシャツとかなりラフな格好だ。髪も簡単に撫でつけただけになっている。どんな時でも、人一倍身なりに気を遣っている彼にしては珍しい姿だった。

「君にも話を聞いてもらいたい」

その言葉に異を唱えたのは椿である。彼女は慌てたように肇に向き直り、厳しい表情で言い募る。

「お待ちください。こいつ……彼は一般人です。あなたと親交があるようですが、捜査の妨げになるようなことは許可できません」

「ああ、そういえば君は、蒼一郎の奥さんの妹だったね」

思い出したように告げた肇は、少し困ったように苦笑いした。

「今後のことを思えば、蒼一郎には事情を知っておいてもらった方が、なにかと都合がいい」

「どういうことです？」

椿の表情が訝しげなものに変わる。立ち上がっていた肇はソファーに座り直し、蒼一郎にも座るように勧めた。ここで座ってしまったら帰る機会もなくなってしまうのだが、さすがに友人の窮地を見て見ぬ振りはできない。椿の射殺せんばかりの視線を頰に受けつつ、蒼一郎はソファーではなく、壁際に身を寄せた。話を聞くだけなら、室内にいるだけでも充分だ。

その目の前で、肇と椿の攻防が続く。

「彼は父の遺言書の作成に携わった人物だ。今日もそのことで用があってね。もしかしたら、今回の事件が関わってくるかもしれないから、蒼一郎には事情を知っておいてもらいたいんだ」

「ですが、それは今である必要はありません」

「なにより、私は突然のことに混乱している。正常な判断が下せる自信がないものでね。第三者である彼に、傍にいてもらいたいんだ」

「それならば我々警察が――」

バァン、と大きな音が響いた。テーブルを叩いたのは、弟の浅井川銀次である。兄によく似た風貌を怒りに歪ませ、周囲を睨みつけた。二回ほど顔を合わせただけなので、ひととなりは知らないが、流れてくる評判はあまりよいものではなかった。

「黙れ！　娘の命が掛かっているんだぞ！」

銀次は苛立たしげに叫ぶと、視線を兄に向けた。

「兄さん、身代金《みのしろきん》はまだなんですか？」

「銀行には話を通した。だが、額が額だ。用意には時間が掛かる」

娘の命。身代金。そこから導き出される答えは一つである。誘拐か、と蒼一郎は声には出さずに呟いた。椿は銀次の悲痛な叱責が効いたようで、蒼一郎を忌々《いまいま》しげに睨みつけるものの同席は許容せざるを得ないと判断したらしい。確かに、この問題で時間を浪費するのは愚の骨頂だ。

「誘拐事件ですか」

「ああ。まったく、悪夢のような話だよ」

肇は力なく笑って、溜息をついた。

「昨夜のことだ。姪《めい》の紫が、甥《おい》の享祐《きょうすけ》に誘拐された」

「……ずいぶんとはっきり断言するんですね」

「銀次が享祐の顔を見たそうだ」

視線を銀次に向ければ、不満そうではあるが渋々と昨夜の出来事を話しはじめた。

「あれは夜の九時を回った頃だった。顔を隠した四人組の男がいきなり押し入ってきて、嫌がる娘をむりやり連れ去ったんだ。もちろん私は抵抗した。しかし、頭を殴られて気を失ってしまった。警備会社の者たちが駆けつけてきた時には、すでに娘と男たちの姿はなかった。だが、私は見たんだ。抵抗した際に覆面がずれ、露わになったあの顔は紛れもなく享祐だった！」

「身代金ということは、犯人側から連絡があったんですか？」

「八千万だ」

蒼一郎は埋もれていた記憶を呼び起こした。銀次も浅井川系列の子会社を任されていたが、本社の経営には携わっていなかった。能力主義の肇の目には、それが弟の限界であると映っていたらしい。むろんチャンスも与えられてはいた。本社の経営に参加したいならば、今の会社で相応の業績を残すこと。未だに子会社の社長でしかない彼は、兄のお眼鏡《めがね》には適わなかったのだろう。身代金を用意するだけの資金がないため、兄に助けを求めたというわけだ。

「育ててやって恩を仇で返されるとは思ってもみなかった。それでなくても、あいつは問題ばかり起こして。私がどれだけ苦労させられたか」

「落ち着いてください」

むっとしたのか、胸を反らせた銀次は、椿に食って掛かる。

「第一、警察はなにをしているんだ。犯人は明らかなんだぞ。指名手配でもなんでもして、早く享祐を捕まえてくれ！」

「この段階での公開捜査はお嬢さんの安否に関わります。お嬢さんは必ず無事に助け出しますので、我々にお任せください」

「耳にタコができる。昨夜から同じ言葉の繰り返しばかりで、まったく進展してないじゃないか！」

　こりゃ八つ当たりだな、と蒼一郎は肩を竦めた。見れば肇も、苦々しげな顔を銀次に向けている。暴言を浴びせられている椿は、普段の彼女からは想像できないくらい忍耐強い態度で銀次の叱責を甘受していた。

「銀次、もう止めないか。我々がいくら焦ったところで、事態が変わることはないんだ」

「兄さんは誘拐されたのが自分の子供じゃないから、そんな落ち着いていられるんです。紫のことを思うと、私は……」

　がっくりと項垂れる弟の肩を、肇が慰めるように撫でる。とんだ事件に巻き込まれてしまったな、と蒼一郎は嘆息しながら、ソファーから立ち上がった。

「おい、どこに行く？」

「便所」

「言い方に気をつけろ！」

　顔を真っ赤にして怒鳴る椿に背を向け、蒼一郎は応接室を出た。完全な部外者である蒼一郎には、いささか居心地の悪い場所である。肇の懇願によって留まったが、椿が言うように蒼一郎が同席する必要があるようには思えなかった。

　トイレには向かわずに、応接室のドアからは死角となっている場所に腰を落ち着けた。窓からぼんやりと空を流れる雲を追っていると、応接室のドアが開く音がした。こちらに向かってくる足音に顔を向ければ、申し訳なさそうな表情を浮かべる肇と目が合った。

「ここにいたのか」

「居辛い雰囲気だったんで」

視線を再び窓に戻せば、手入れの行き届いた庭が見えた。蒼一郎の自宅にある日本庭園とは違い、洋風の建物に合わせたイギリス式庭園である。薔薇は見頃を過ぎたようで、開ききった花びらが地面を赤く染めていた。

「……悪かった」

「じゃあ、帰っていいですかね？」

「それは困る」

「俺がいたところで、なんの役にも立たないでしょう」

「ははは……」

力なく笑った肇は、深い溜息をついた。むりもない。姪が誘拐されただけでなく、それを主導したのが甥だったというのだから。いずれことが公になった際に、浅井川家としてのイメージダウンは避けられないだろう。

「久し振りに会うのに、こんな面倒事に巻き込んでしまってすまないな。奥さんの葬式以来か」

「ええ。その節はお世話になりました」

「私はなにもしていないよ。ところで、その首はどうしたんだ？」

「……少し怪我をしてしまいまして」

包帯の上から、喉に触れる。せめて首を隠せるような服を着ればそこまで目立たないのだろうが、着物に包帯という組み合わせはどうしても目立ってしまう。苦笑いして曖昧に誤魔化せば、それ以上の追及はなかった。

「君はずいぶんと変わったな。着物だから余計にそう思うのかもしれないが、以前の鋭さがなくなった。ああ、これはいい意味で言っているんだぞ」

「もう法廷で闘うこともなくなりましたからねぇ」

弁護士時代は常に分刻みのスケジュールで、時間に追われていた記憶しかない。頭にあったのは次の裁判のことばかりで、いかに依頼人に有利な判決を勝ち得るかがすべてだった。

「今は弁護士を辞めて、面白そうなことをしているそうじゃないか」

「……噂でも耳にしましたか？」

「君を知っている者は、奥さんを亡くしたショックでおかしくなったんじゃないかと言っているが、君の評判を落としたい者達がここぞとばかりに囀《さえず》っているだけだ。私としては、君が自発的になにかをはじめたということが、歓迎すべきものだと思っているからね。……葬儀で会った君は、生きる気力を失っているように見えたからな」と、肇は嬉しそうに笑った。しかし、その表情も思い出したように翳《かげ》りのあるものに変わる。

「私はね、未だに信じられないんだ」

「姪っ子さんが誘拐されたことがですか？」

「いや、そうじゃない。むろんそれも悪い夢であればとは思っているよ。私が信じられないのは、享祐のことだ」

浅井川享祐とは蒼一郎も面識があった。遺言状を作成する際に、一度だけ顔を合わせた覚えがある。当時、彼はまだ高校生で、複雑な家庭環境から家族との仲が上手くいっているようには見えなかった。

「確かに、あの子は私たちを憎んでいた……。私がもし享祐の立場であれば、同じような気持ちを抱いただろう」

浅井川家の内情は複雑だ。

享祐は銀次の実子ではない。

本当の父親は、祖父――浅井川藤五郎《とうごろう》なのだ。

愛人の子である享祐を引き取った藤五郎は、正妻の反対にあって自分の戸籍に加えることはできなかった。その代わりに、当時すでに結婚していた次男、銀次の養子にしてしまったのである。

父親の愛人の子であり、異母弟を自分の息子として育てなければならなかった銀次の心情は、実に複雑なものだっただろう。拒否すれば、父親の怒りを買って子会社を取り上げられてしまうかもしれない。銀次に残された選択肢は、ひとつしかなかった。

そんな次男の気持ちなど知らず、藤五郎は正妻が亡くなってからというもの、孫ほども歳の離れた享祐を、目に入れても痛くないほど可愛がった。生前に作成した遺言状で、兄二人と同等のものを引き継がせるくらいに。現在は長男にあとを譲って、療養生活を送っていると聞いている。

「享祐が引き取られたのは、六歳の頃だ。母親が亡くなったことが切っ掛けだが、あの子は自分の母を日陰者にした父を恨んでいた。養父になった銀次も、享祐には辛く当たっていたからね。私が引き取るべきだったと、今更ながらに後悔しているよ」

自嘲気味に笑った肇は、失礼と言って煙草を取り出した。独特の匂いが広がって、薄い煙が天井に上る。

「君もどうだ？」

「煙草は止めました」

「ヘビースモーカーだった君が、禁煙するなんて天変地異の前触れだな」

煙草を何度か吸って、携帯用の灰皿に先端の灰を落とす。肇は言葉を選ぶようにして、話しはじめた。

「享祐の話だが、私はあの子が紫を誘拐したなんて信じられないんだ」

「どうしてですか？」

「享祐が唯一、心を開いていたのは紫だった。誘拐するなら、銀次を狙うだろう」

壮年の男性と、二十歳の女性では後者を攫《さら》う方が楽だ。しかし、誘拐犯は四人。銀次も殴られて気絶したと言っていたので、誘拐できなかったわけではない。浅井川家への怨恨が動機というなら、銀次を標的にする方がしっくりくる。

「ですが、銀次さんは犯人の顔を見てる」

「そうなんだ……。間違いだと思いたいが、ずっと同じ屋根の下で暮らしてきた息子の顔を見間違えるはずがないと、本人は言い張ってな」

「他に目撃者はいないんですか？」

「ああ。防犯カメラには紫を連れ去る男たちの姿が映っていたが、さすがに顔までは判別できなかったそうだ」

ならば、目撃者は銀次一人だけとなる。可能性があるとすれば、誘拐された紫本人が目撃しているかもしれないといったところか。

「身代金は準備できそうですか？」

「八千万程度ならすぐに用意できる。姪の命が掛かってるんだ、安い物だよ」

大会社の社長である肇にとっては、それくらいはした金だろう。だからこそ、銀次も真っ先に兄を頼ったのだ。そこでふと、蒼一郎は浅井川家を訪ねた本来の目的を思い出した。

「そういえば、遺言書について相談があると言ってましたよね。しかも、今回の誘拐事件が関わってくるとあなたは言った。あれはどういうことです？」

「……享祐のことだ」

「遺言書を書き換えるんですか？」

藤五郎が遺言書を見直したいと主張しているとすれば、当時、作成に携わった蒼一郎が呼ばれたとして不思議はない。享祐を溺愛する藤五郎が、彼への分配を増やしたいと考える可能性は高かった。そして、それならば今回の事件が関わってくると肇が言ったのも頷ける。

「ですが、今回のことで相続自体が難しい——いや、浅井川享祐の相続権は剝奪されるでしょうね」

「……そうなのか？」

「犯罪者であっても相続権は認められますが、幾つかの例外があります。同じ立場の相続人が被害者だった場合です。浅井川紫さんも相続人の一人ですから、今回の誘拐事件はそれに該当するでしょう。残念ですが、書き換えしても意味がない、と藤五郎さんに伝えてください」

「いや。書き換えるわけじゃない。享祐から以前、頼まれたことがあってな——」

そう言い掛けた時、肇を呼ぶ秘書の声が響いた。

「お話し中、申し訳ありません。銀行から連絡が」

「……そうか」

すぐに行く、と言って肇は蒼一郎に向き直る。

「この話は、またあとで。できれば君も一緒に銀次の自宅に来てほしいが、難しいだろうな」

「当たり前です。俺はあくまで部外者ですよ」

「そうか……そうだな。巻き込んでしまって、すまない。昔の癖で、困っているとつい君を頼ってしまいそうになる」

「いえ。こちらこそ、なんの力にもなれなくて申し訳ありません」

肇は力なく笑うと、応接室に向かって歩いて行った。身代金が準備できれば、肇たちは銀次の自宅に向かうだろう。せめて彼らを見送ったあとで帰るか、と思った時である。背後から地を這うような声が響いてきた。

「貴様、肇氏となにを話していた……？」

「立ち聞きが趣味か。ますます嫁の貰い手がなくなるぞ」

「黙れ！　貴様には関係のない話だ！」

「先輩、落ち着いてください！」

蒼一郎の胸ぐらを摑みあげようとする椿を遮ったのは、彼女とコンビを組む樋口達也《ひぐちたつや》という若い刑事だった。

「お前もちゃんと菖蒲の手綱《たづな》を握っとけよ」

「ちょ、なんでそうやって先輩を煽るようなことを言うんです！」

涙目の樋口は、それでも椿の腕を摑んで放さない。気は弱そうだが、意外にしっかりと上官の手綱を握っているようだ。だからこそ、我の強い椿の相棒を何年も務めていられるのだろう。

「言われなくったって、すぐに帰るさ」

「そうか。では今すぐに出て行け！」

「居丈高《いたけだか》過ぎると、さらに嫁の貰い手が少なくなるぞ」

「貴様は叩き出されたいらしいな！」

闘牛士に狙いを定めた牡牛のように、今にも蒼一郎を押し出してしまおうと目を光らせる。

「なあ、菖蒲」

「気安く名前を呼ぶなと、何度も言ってる！」

「本当に浅井川享祐が誘拐犯の一人だと思うか？」

怒りに染まっていた椿の顔が訝しげなものに変わる。樋口も唐突な質問に、ぴたりと動きを止めていた。

「目撃者がいる」

「だが、一人だけだ。防犯カメラにも顔ははっきりと映っていなかったんだろう？」

「それでも、今の段階で銀次氏の証言を疑う理由はない。浅井川享祐が容疑者の最有力候補だ。彼が白か黒かなんて、捕まえて吐かせればいいだけの話だ」

「お前って、本当に単細胞だよな」

「なんだと。黙って聞いていれば！」

再び蒼一郎の胸ぐらを摑みあげようとする椿を、樋口が慌てて引き剝がそうとする。その時、廊下にスマートフォンの着信音が鳴り響いた。着物の袂に入れてあるそれを取り出せば、画面には〝秋都尊〟の文字。

「おい。今、取り込み中だ――」

『由良さん、助けて！』

尊には珍しく、切羽詰まった声に蒼一郎は眉を寄せる。音声が漏れ聞こえたのか、椿と樋口もぴたりと動きを止めた。

「どうした？」

『ビルに入ったら、お、女の人が縛られてて』

要領を得ない説明に、かなり気が動転していることが窺われる。蒼一郎は尊を落ち着かせるために、いつもと同じ口調で喋り掛けた。

「落ち着け。順を追って話せ」

『う、うん』

スマートフォンを寄越せと手を突きつける椿は無視して、蒼一郎は通話に集中する。

『泥だらけの霊が俺から離れたんです。気になって後を追い掛けたら使われていないビルに入っていって、俺も裏口が開いていたから中に入ったんです。そしたら、誰かの話し声が聞こえて……見つかったら怒られると思って近くの部屋に隠れたら、そこに拘束された女の人がいました』

――拘束された女。

偶然にしてはできすぎている。それになぜ、泥だらけの霊は尊から離れ、拘束されている女性のところに向かったのか。疑問は多々あるが、まずは確認しなければならない。

「……その女の名前は、浅井川紫じゃないか？」

『あさいかわゆかり？』

間を置いて、尊が拘束されている女性に『浅井川紫さん？』と訊ねる声が聞こえる。蒼一郎の口から出た被害者の名前に、椿は今にも襲い掛かりそうな形相でこちらを睨んでいた。

『本人だそうです』

やっぱり当たりか。そう思うと、自分が浅井川家にいたのは僥倖《ぎょうこう》だ。タイミングのよさに、思わず口角が上がってしまう。

「場所はわかるか？」

『スマホの地図アプリを使えばわかると思います』

「よし。じゃあ、まずはそれを使って場所をメールで知らせろ」

『警察に通報した方がいいですよね？』

「必要ない。警察は目の前にいるからな」

まさか尊も、蒼一郎が誘拐事件に関わっているとは思ってもみないだろう。

『は？』

「いいか。場所を知らせたあとは、浅井川紫を連れて逃げられるようなら逃げろ。むりなら連絡しろ」

『わかりました』

さて、と通話を切った蒼一郎は、怒り心頭中の椿を見た。先ほどまでは積極的に関わる気はなかったが、尊が被害者と一緒にいるとなれば話は別だ。さすがに廊下の隅とはいえ、こんな場所で騒いでいたら目立ってしまう。椿と樋口の背を押して、応接室の隣にある給湯室に入った。

二畳ほどの狭いスペースに簡易キッチンが備えつけられていて、簡単なものならばここで準備ができるようになっていた。

「どういうことだ！」

ドアを閉めるなり食って掛かる椿に、蒼一郎は肩を竦めてみせた。

「浅井川紫の居場所がわかったんだ、喜ぶべきだろ」

「電話の相手はあの少年だな？　なぜ彼が浅井川紫と一緒にいる？」

「数日前から尊に憑いてた霊が、案内してくれたらしい」

「馬鹿にするな！」

「思いつきで廃ビルに入ったら、たまたま誘拐犯たちのアジトでしたとでも言うのか？　ずいぶんと都合のいい偶然があるもんだ」

「はっ。霊だのなんだのと言うよりは、よほど現実的じゃないか」

予想通りの反応に、苦笑いする気も起きない。

椿は自分が目にしたもの以外、絶対に信じないタイプの人間だ。いや、幽霊を実際に見たところで、幻覚だの見間違いだのと理由をつけて否定してしまう気がする。つまりどれだけ言葉を重ねたところで無意味なのだ。

霊の声が聞こえるだなんて言おうものなら、幻聴だと言われ耳鼻科もしくは心療内科に放り込まれるだろう。

「まあ、経緯はどうでもいいさ。今は被害者の安全を優先すべきだ」

「ならば少年の携帯番号を教えろ。犯人の人数や拘束されている部屋の場所、ビルの構造を聞き出す必要がある」

「だーかーらー、相手は十六のガキだ。尋問まがいに追い詰めてどうする。たまたま入ったビルの構造や犯人の人数なんざ、すぐにわかるわけねぇだろ。訊くだけ無駄だ。それに妙な正義感を発揮して、調べてみるなんて言い出したらどうする」

口を開き掛けた椿だったが、蒼一郎の言葉にぐっと堪えるように押し留まった。そこにメールの着信を伝える音が鳴り響いた。蒼一郎は送られてきた文面に素早く目を通す。

「……よし。場所がわかった。だが、脱出はできないらしい」

「どういうことだ?」

「裏口に見張りがいるそうだ。そこから階段が丸見えになっているせいで、一階の窓から逃げることも難しいらしい。だが、うちのアルバイトは有能だぞ。誘拐犯は最低でも四人。二階に三人、一階の裏口の前に一人。そして、浅井川紫が閉じ込められているのは、二階の第三会議室だ」

落ち着いたことで、頭が回るようになったのだろう。尊は見事に、こちらのほしい情報を届けてくれた。

「すぐに突入部隊を手配する。銀次氏にも知らせて――」

「待て」

言葉を遮られた椿が、訝しげに蒼一郎を見上げる。

「確認したいことがある。浅井川享祐と連絡は取れてないんだな?」

「ああ。自宅に部下を向かわせたが、もぬけの殻だった。どうやら数日ほど帰ってないらしい。近所の住人も最近は見ていなかったそうだ」

蒼一郎はスマートフォンを操作し、尊に電話を掛けた。こちらからのアクションを待っていたのだろう、ワンコールで尊の声が響く。

『届きました?』

「ああ。よくやった。今はどうしてる?」

『紫さんと一緒にいます』

「誘拐犯たちが様子を見に来るんじゃないか?」

『内ドアで給湯室に入れるから、いざとなったらそこに隠れます。今のところ、犯人たちは一度も様子を見に来ないんですけどね。なんかちょっと揉めてるみたいですよ。言い争う声が廊下にまで響いてて。さすがに内容までは聞き取れませんけど』

尊の声は落ち着いていた。外部と連絡が取れたことで、余裕が戻ってきたらしい。その最中、漏れ聞こえる声を聞いていた椿が眉を寄せた。

「見張りを置いてないのか?」

「らしいな」

『由良さん?』

「こっちの話だ。そういえば、お前がビルに入った時、裏口に見張りはいなかったんだよな？」

『はい。お陰で、誰にも気付かれることなく入れましたよ。それに鍵も掛かってませんでした』

おかしい。自分たちがやっていることの重大さを考えれば、裏口には常時、見張りを置くはずだ。紫にしても、見張りをつけないのなら鍵が掛かる部屋に閉じ込めるなり、絶対に逃げ出せない状況下に置くはずである。

身代金目当ての誘拐事件を起こした割には、警戒心がなさ過ぎではないか。無精髭の残る顎を撫でながら、蒼一郎は首を捻った。しかし、すぐに答えはでない。それは一旦、脇に置いておいて、別の用件を口にする。

「お前に確認してもらいたいものがある。今からメールを送るから、待っててくれ」

『わかりました』

通話を切って、蒼一郎は椿に向き直った。

「浅井川享祐の写真を持ってるだろ。貸せ」

「……なぜだ」

「提供を受けたはずだぞ」

「だから、理由を言え、理由を！」

「尊に送る。犯人の顔を見てるかもしれないだろ」

むろん、蒼一郎の目的は違うところにある。手っ取り早く写真を確保するための方便だ。

案の定、菖蒲は渋々とではあったが、銀次から提供されたであろう写真を差し出した。そこには享祐だけでなく、満面の笑みを浮かべた紫の姿も写っている。この片方が誘拐犯で、もう片方が被害者だなんて誰が思うだろう。

写真を撮ってメールで送信すると、すぐに尊から着信があった。

「どうだった？」

『由良さん、この人って誰？』

困惑したような声だった。蒼一郎の推測が正しければ、尊には見覚えがあるはずだ。

「見覚えはあるか？」

『はい。顔半分が泥に隠れてるから、本人だって断言し辛いんですけど――泥だらけの霊にそっくりです』

「そうか」

尊から、泥だらけの霊が成人男性だとは聞いていた。その霊が、なぜ誘拐された浅井川紫の元に向かったのか疑問だった。偶然とするには、あまりにもあり得ない話である。泥だらけの霊が生前、紫と親しい間柄だったと考えるのが自然だ。

ならば、それは誰なのか。

直感のように脳裏に浮かんだのは、浅井川享祐の顔だった。しかし、泥だらけの霊が享祐だとすれば、銀次の証言と矛盾する。だから、確認するために尊に写真を添付したメールを送った。結果は、大当たり。

「いいか、それは浅井川紫には言うな」

『……わかりました』

写真に一緒に写っていることから、尊も泥だらけの霊が紫の親しい人物だったと気付いたらしい。誘拐されて精神的に不安定になっている今、義兄の死というさらなる負荷を掛けたくはなかった。

「今、警察が突入の準備をしてる。だが、お前たちが人質になったら意味がない。どこか籠もれそうな部屋はないか？」

『うーん。どの部屋もドアがそんなに頑丈じゃないから、体当たりされたらお終いだと思います。バリケードになりそうな物があれば話は別ですけど』

「なら、隠れられそうな——あ、おい！」

スマートフォンを掻っ攫った椿は、「貸せ。私の方が適任だ」と不機嫌そうに告げた。

せめてもの抵抗で、スピーカーの文字部分に触れて音声が周りに聞こえる状態にする。雑音と共に、尊の息遣いが聞こえた。

「少年、そのビルに屋上はあるか？」

『え、もしかして椿さん？　どうして由良さんと一緒にいるんですか？』

「そんなことはどうでもいい。質問に答えろ」

『え、ええと、屋上はあります。ビルを見上げた時に、フェンスが見えました』

「紫さんを連れて屋上に出られそうか？」

『見張りは裏口に一人いるだけなんで、たぶんいけると思います。でも、紫さんがいないことがばれたらすぐに見つかっちゃうと思いますけど……』

「ヘリで突入部隊を屋上に下ろす。その直前に屋上に向かえば、犯人たちが追ってきてもこちらの方が早いはずだ。到着時間は前もって知らせるから、いつでも動けるように準備していてほしい」

『わかりました。やってみます』

「くれぐれも気をつけて。それと……ありがとう。君のお陰で、捜査が進展した」

珍しく柔らかな表情を浮かべた椿だったが、蒼一郎と目が合った途端、再びむすっとした表情に戻る。押しつけるように渡されたスマートフォンを受け取り、蒼一郎は肩を竦める。

「あんまりむりすんなよ」

『はい！』

長時間の通話は危険なので、蒼一郎はそれだけを告げ会話を終えた。すでに椿と樋口は携帯を片手に方々へ手配をはじめている。そのまま給湯室を出て応接室に戻ろうとした二人の襟首を、蒼一郎は引き戻した。

「ちょっと待て」

首が絞まった二人は、蛙《かえる》の潰れたような声を上げ、涙目になりながら振り返った。抗議代わりの怒声が飛ぶ前に、蒼一郎は口を開いた。

「誘拐事件において、一つ念頭に置かなければならないことがある」

可能性は限りなく低い。しかし、ゼロでもない。肇の「享祐が犯人とは思えない」という言葉がなければ、蒼一郎もここまで疑いは抱かなかった。

「狂言誘拐だ」

椿の眉がぴくりと動いた。

「……根拠は?」

「浅井川享祐はすでに死んでる。それも一週間以上も前に、だ」

「なんだと!」

「最近、大きな土砂崩れがあっただろ。そこから身元不明の遺体が発見された。それが浅井川享祐だ。尊がその現場に立ち会ってる。さっきの写真が、遺体とそっくりだったそうだ」

実際のところ、尊は遺体を見ていないが現場にいたことは確かである。今はなにがなんでも享祐が死亡しているという事実を、警察側に周知してもらわなければならない。なぜならば——。

「それが正しければ、銀次氏は虚偽を述べていることになるぞ」

「ああ。彼が目撃したのが、幽霊でもない限りな」

「馬鹿なことを言うな。幽霊に殴られて気絶するわけないだろう」

見間違いではない、と銀次は自信満々に断言していた。一つ屋根の下で暮らしてきた相手の顔を見忘れることはない、と。しかし、それはどう考えても不可能だ。浅井川享祐は一週間以上も前に亡くなっているのだから。

ならば話は単純だ。

銀次が虚偽を述べている。誘拐犯らの中に、享祐はいなかったのだ。

「すみません、ちょっといいですか？」

今までずっと蚊帳《かや》の外だった樋口が、控え目に挙手する。

「死因を特定するために検死が行われたと思うので、担当の警察署に連絡すれば遺体の写真を携帯に送ってもらえます。腐敗が進んで判別が難しい可能性はありますが、それで本人かどうか確認してみませんか？」

「なるほど。やってみてくれ」

「はい」

樋口がさっそく、各所に連絡を入れはじめた。緊急とはいえ、捜査資料を送ってもらうには様々な手続きが必要になる。椿も電話を代わりながら十五分ほどをかけて、ようやく話をつけることに成功した。

「……どうやら、大変なことになっているようだ」

そう告げた椿の表情は、いつにも増して厳しいものだった。

「どうした？」

「司法解剖の結果、遺体は腹部を鋭利な刃物で刺されていたそうだ」

「つまり他殺だったと？」

「詳しい話を聞いていないから断言はできないが……その可能性は極めて高い」

刺殺ならば、土砂崩れに巻き込まれて亡くなったという線はない。その場で殺害されたのか、それとも殺されたあとで遺棄されたのか。どちらにせよ、他殺ということは享祐を殺害した犯人がいるということだ。

「……今は、誘拐事件が優先だ。それと浅井川享祐がすでに死亡していたと仮定しても、今回の事件が狂言誘拐であるという証拠にはならんぞ。浅井川享祐を快く思っていない銀次氏が、腹いせに虚偽を述べただけという可能性もある」

「だが、狂言誘拐の線もあるぞ。むしろ可能性は高いんじゃないか？」

「それは……」

「偶然とはいえ、尊は誰にも見つからずにビルに忍び込めた。誘拐犯たちが気を緩めてる証拠だ。それはなぜか。こっちの動きが筒抜けだから——違うか？」

気に食わない相手とはいえ、その発言を頭から否定するほど、椿も愚かではない。考え込むように腕組みし、疑問点を蒼一郎にぶつけてくる。

「動機はなんだ？　よほどのことがない限り、わざと自分の娘を誘拐させる親なんていないぞ。しかも少年の口振りから察するに、浅井川紫はなにも知らされていないようだ。自分が本当に誘拐されたと思っているだろう」

「簡単な話だ。本人を捕まえて、吐かせりゃいい」

先ほどの椿の台詞をそのまま返してやれば、「銀次氏は容疑者ではないのだから、今の段階での尋問はむりだ」と椿が苦々しげに答える。

「餌を撒《ま》く。黒なら早々に食らいつくだろうよ」

言い逃れのできない罠に掛け、問い詰めてやればいい。


『あんまりむりすんなよ』と言う蒼一郎の台詞を最後に、通話は切れた。

マナーモードの振動音でさえ危険なので、消音設定にしたスマートフォンを、画面が見えるように左手で持ったままにする。尊は内心で安堵の溜息をついた。まだ助かったわけではないが、あとは突入部隊の準備が整ったら紫を連れて屋上に向かえばいい。

まさか泥だらけの霊――浅井川享祐という名前らしいが――を追い掛けて入った先のビルが、誘拐犯のアジトだったなんて思ってもみなかった。今更だが、裏口から入る際によく誰にも見咎められなかったものだ。

――でも、椿さんにどうしてビルに入ったのか問い詰められたらどうしよう。

馬鹿正直に泥だらけの霊を追い掛けて来ました、なんて言っても頭がおかしいだけだと思われてしまう。猫が裏口から入って行ったのを見掛けて……出られなくなったらかわいそうだと思って追い掛けた……苦しい、実に苦しいがこれ以外の言い訳が思いつかない。誘拐事件の方に目がいって、尊のしでかした不法侵入については忘れてくれたらいいな。

そう思わずにはいられなかった。

「……どうだった？」

はっとして顔を上げれば、壁を背もたれにして座っている紫と目が合った。室内が薄暗いせいもあるが、それを差し引いても青白い顔をしている彼女は、今にも消えてしまいそうなほど儚《はかな》かった。

床に寝たままでは辛そうだったので、連絡の合間に体を起こし猿轡《さるぐつわ》代わりのタオルを取った。誘拐犯らが見に来たら素早く元の体勢に戻れば不審に思われないだろう。タオルだって身動《みじろ》ぎしているうちに取れたと思うはずだ。

誘拐犯の癖に警戒心が薄い奴らなので――過度の楽観は危険だが――不穏分子が忍び込んでいることに気付けるとも思えない。尊はできるだけ紫を安心させるように、明るい口調で告げた。

「すぐに突入部隊を準備するそうです。時間になったら犯人たちの目を盗んで屋上に向かいますけど、大丈夫ですか？」

「ええ」

紫は言葉少なに頷いた。時間がきたら手首と足首を拘束しているロープを解いて、階段に向かう。脳内でシミュレーションし、尊はきっと大丈夫だと自分に言い聞かせた。

「……ありがとう」

「え？」

「私一人だったら、なにもできなかった。……殺されていたかもしれない」

目を伏せ、紫は声を震わせた。危害を加えられなかったとはいえ、自宅から乱暴に攫われた挙げ句、一晩中こんな場所に監禁されていたのだ。いつ助けが来るともわからない状況は、どんな人間だって神経を磨《す》り減《へ》らすだろう。

「ええと……誘拐されるってことは、紫さんの家ってお金持ちなんですか？」

なにか気が紛れるような話題は、と考えて出た言葉がそれだった。もっと別の話題がなかったのかと、言ったあとで後悔する。しかし、紫は気を悪くした様子もなく質問に答えてくれた。

「お金持ちなのは私の家じゃなくて、伯父さんの方。祖父が起こした会社の社長で、幾つもの子会社を運営してるの。私の父はその一つを任されているけど……経営が苦しいみたい。とても身代金を払えるような状況じゃないの」

「誘拐犯たちは知らなかったんでしょうか？」

「内情なんて調べずに、親族だからお金があるって思われたのかな。お父さんはたぶん伯父さんを頼ると思うけど……きっと私の安否なんて気にしてないわ。世間体が悪いからしかたなく身代金を用立てる振りをするだけよ」

　辛辣《しんらつ》な言葉に、尊は肩を竦めた。どうやら紫は両親——特に、父親と仲がよくないらしい。微妙な質問をしてしまったなと、尊は改めて反省した。それに気付いたのか、紫はぎこちなく微笑む。

「嫌な話をして、ごめんなさい。そういえば、尊君はどうしてこんなところに？」

「ええと、それは……裏口が開いてて、その……廃ビルだし、ちょっと探検してみたくなった、感じ、です……」

　言っていて、じょじょに恥ずかしさが込み上げてくる。自分では見えないが、たぶん耳と頬が真っ赤になっている気がする。探検じゃなくて、もっと別の言い方にすればよかった。これではまるで子供じゃないか。

「勇気あるね。私なら怖くて絶対にむり。でも、それで私は助かったんだから、お礼を言わなくちゃ」

よし、めちゃくちゃ恥ずかしいけれど、警察に訊かれた時もこれで通そう。くすくすと笑っていた紫は、ふとなにかに気付いたように尊が持っているスマートフォンに目をとめた。

「それ……」

紫の視線の先には、イルカのストラップがあった。それを見詰める瞳が、懐かしむように細められる。

「隣の市にある水族館で買わなかった？」

「はい。貰い物なんですけど」

「私もね、同じのを持ってるの。壊れたりなくしたりしたくなかったから、今も袋に入ったまま。……もったいないないなんて言わずに、ちゃんとつければよかったな」

「思い出の品物なんですか？」

「ええ。兄に買ってもらったものなの」

尊は思わず息を呑んだ。泥だらけの霊——浅井川享祐が亡くなっていることは、紫に伝えていない。父親のことを語る時とは打って変わって、紫は穏やかな表情で兄との思い出を口にする。

「中学生の時に友達と水族館に行ったの。入場料を支払ってご飯を食べたら、もうほとんどお小遣いがなくなっちゃって。でも、お土産コーナーにあったイルカのストラップがどうしてもほしかった。お金がないから諦めたんだけど、あとで兄にそのことを話したら、その年の誕生日プレゼントがイルカのストラップだったの。でもね、それは私が欲しかったストラップじゃなかった」

確かに、水族館の土産コーナーにはストラップだけでも数十種類はある。イルカに限定したとしても、念入りに特徴を聞かない限り目当ての物を一発で当てるのは至難の業だ。

「ただね、私はすごく嬉しかった。他愛もない話を覚えていてくれたことも、水族館なんてぜんぜん興味ないのにそれを買うためにわざわざそこまで行ってくれたことも。嬉しくて、これが欲しかったたって大袈裟に喜んだなぁ」

「そうだったんだ……」

尊は泥だらけの霊を見上げた。なぜ彼が自分について来るのかずっと疑問だった。そういえば海夏人の自宅に行った際も、尊はスマートフォンを持っていた。それに気付いて、つい懐かしさからついて来てしまったのかもしれない。

「お兄さんとは一緒に住んでるんですか？」

「高校を卒業すると同時に、家を出て行っちゃった。お父さんには会うなって言われてるけど、内緒で何度か会ってるの。最近はなかなか連絡が取れないんだけど……」

憂いを帯びた紫の瞳が、悲しげに伏せられる。知らなければよかった。彼女の兄が、すでに亡くなっているなんて。

ブラインドが下りた薄暗い室内。

わずかに差し込む光に埃が反射して、ちらちらと瞬く。

手足を拘束され壁にもたれかかる女性と、それを感情の籠もらない目で見詰める泥だらけの霊。自分の目だけに映る、悲しい光景。彼はなにを思って、自分の妹を見下ろしているのだろう。

不意にスマートフォンの画面が光った。メールの受信を知らせるアイコンに、尊は慌てて文面に目を走らせる。

「〝十三時ちょうどに屋上。地上からも同時に突入する〟」

今は十一時を過ぎたところだ。あと二時間は掛かる計算になる。そこで尊は気付いた。ヘリの到着に合わせて屋上に向かうのはいい。でも、ヘリはかなりの轟音《ごうおん》だ。じょじょに近付いてくるプロペラ音を不審に思った誘拐犯たちが、様子を見に部屋から出てきたら。

「早めに屋上に向かうしかないか……でも、気付かれたらお終いだし……」

しばらく悩んでいると、ふと紫の様子がおかしいことに気付いた。いつの間にか目を閉じて、壁にぐったりともたれかかっているのである。

「紫さん？」

「……大丈夫。ちょっと目眩《めまい》がしただけ」

「でも、すごく具合が悪そうですよ」

薄暗いせいで顔色はよくわからないが、先ほどと違って声に元気がない。緊張の糸が切れたことで、一気に体調を崩してしまったとしてもおかしくない状況だ。尊は慌てて紫の額に触れた。熱い。

「ぜんぜん大丈夫じゃないですよ！」

「……ごめんなさい」

「あ、違います。怒ってるわけじゃなくて……。歩けそうですか？」

「少し、なら」

しかし、こちらに向けられた紫の瞳はどこか虚ろで焦点が合っていなかった。本人は少しならと言っているが、これは難しいのではないだろうか。

「どうしよう……こんなんじゃ、素早く動けないよな」

紫を背負って屋上に向かうことはできるが、亀の歩みになってしまう。尊はなにが最善か必死に考えた。十三時前――誘拐犯たちの耳にプロペラ音が聞こえた段階で、自分たちは屋上にいる必要がある。

ヘリが到着するまでのわずかな時間、誘拐犯たちを足止めできれば――。

「階段にバリケードを作れたら……」

せめてなにか武器になるものはないかと、尊は内ドアから移動できる給湯室に向かった。四畳ほどの狭いスペースには、作りつけの流し台と棚が置いてある。ガスコンロと冷蔵庫は撤去した跡だけが残っていた。

物音を立てないようにして、手当たり次第に棚を漁る。見つけたのは、食器用洗剤と、食用油、塩胡椒《こしょう》、荷物を括《くく》る際に使うビニール紐、火のつかないライター、フライパン、鍋、携帯用ガスコンロ、紙皿、割り箸、空になったスナック菓子の袋、半分ほど水が入ったペットボトル、それらを入れていたであろうビニール袋、である。退去する際に廃棄し忘れたにしては、微妙なラインナップである。

「もしかして、誰かがこっそり入り込んでた？」

雨や寒さを凌《しの》ぐためにホームレスが入り込んでいたとしても不思議はない。それらのものを並べ、尊は眉間に皺を寄せた。他の部屋にもなにかあるかもしれないが、さすがにそこまで冒険はしたくない。むりをして捕まってしまったら元も子もないのだから。

「あとはなにか……画鋲《がびょう》か」

棚の抽斗《ひきだし》にぽつんと取り残されていたのは、画鋲が入った透明なケースだった。それほど使わなかったのか、けっこうな数が残されている。刺さると痛いが、床に撒いたところで靴を履いている誘拐犯たちの足止めにはならないだろう。

「これを組み合わせて、なんかできないかな……」

屋上に出る階段は一つだけ。仕掛けるならばそこ以外にはないが……さて、どうしたものかと尊は頭を悩ませた。

「五分か十分、足止めすればいいんだよな」

よし、と呟いて尊は必要そうな物をビニール袋に詰めた。スマートフォンで時刻を確認すれば、もう十二時だった。まずい、と内心で焦りながら尊は会議室に戻る。そろそろここを出て、屋上に向かった方がいいだろう。

「紫さん」

ぐったりしている紫の拘束を解いて、正気付けるように軽く頬を叩く。うっすらと瞼が開き、焦点の定まらない瞳に、緊張で顔を強ばらせる己の姿が映った。

「屋上に行きましょう。立てますか？」

「……私はいいから」

「なに気弱なことを言ってるんです」

「いいの。足手纏いになるから、置いていって」

「駄目です」

泥だらけの霊はイルカのストラップを見て、記憶の欠片のようなものを思い出した。でもそれはあまりにも一瞬で、だからすぐに紫のところには向かわず記憶を求めるように尊について回った。

偶然か、それとも運命か。

紫が危険な目に遭っているその時に、ようやく思い出したのだ。

大切な妹のことを。

だから尊から離れて、紫の姿を探した。

廃ビルの薄暗い一室で、拘束されていた妹を見て彼はなにを思ったのだろう。

助けたいと思ったはずだ。

でも、助けられない。

死んでしまったから、もう自分の手は彼女には届かない。

見守るしかできない――。

「絶対に駄目です」

歯を食い縛って、尊は紫を背負いあげる。ずっしりと背にかかる重みに顔を顰めるが、歩けないというほどではない。ただこの状態で、足音を殺すのは難しい。悩んだ末に尊は靴を脱いだ。スニーカーより靴下の方が足音は響かないはず。右手にビニール袋を持って、慎重に第三会議室を出た。

幸い、廊下に人気《ひとけ》はない。微かに話し声が聞こえるので、言い争いは一段落したようだ。そろり、そろりとゆっくり時間を掛けて階段に向かう。コンクリートの建物なので涼しいはずなのに、額には汗が滲む。一人でも廊下に出てきたらお終いだ。階段まで五、六メートルほどなのに、このわずかな距離が途方もなく感じられる。尊の首に回された手が、微かに震えていた。紫も怖ろしいのだ。

焦る気持ちを抑え、ようやく辿り着いた階段下。今度は、これを音を立てずに上らなければならない。ごくり、と唾を飲み込んで、尊は一歩ずつ階段を上りはじめた。

ようやく折り返しの踊り場まで進んだ時である。

ドアが開く音がした。

まずい、と尊は慌てて階段の脇に寄る。大丈夫、ここなら三階に向かわない限り気付かれないはずだ。しかし、紫の様子を見に向かったのであれば、万事休すである。ヘリが到着するには、まだまだ時間がかかる。

息を殺し、祈るような気持ちで足音に耳をそばだてる。

紫が監禁されていた部屋に向かうと思いきや、足音はそのまま階段を下っていった。やがて「交代だ」という声が聞こえる。だがこれで安心してはいけない。交代した者が、二階に戻るついでに紫の様子を確認しないとも限らないのだ。

しかし、尊の心配は杞憂だったようで、足音は複数の声がする方向へと移動し、ドアの開く音のあと、すぐに閉まる音が響いた。

——焦った。

安堵の息を吐いて、尊は再び階段を上り出した。三階、四階と時間を掛け、ようやく屋上に辿り着く。紫を下ろして時間を確認すれば、十二時五分だった。第三会議室を出てから、まだ五分しか経っていないのか。

あと五十五分。このまま誘拐犯たちがヘリが近付く音に気付かず、油断していてくれればいいが、そう上手くもいかないだろう。尊はビニール袋から持って来た物を取り出して、慎重に並べた。

階段は部屋と違って音が響くので、絶対に物音は立てられない。本当は紫を屋上に出してしまいたかったが、さすがに音を立てないでドアを開け閉めできる自信はない。念のためにドアノブの鍵だけ開けておき、その横に紫を座らせる。

呼吸一つにも気を遣うなぁ、と内心でぼやきながら尊は周囲を見回した。置き場所がなかったのか、壁際には長机とパイプ椅子が積み重なっていた。パイプ椅子はバリケードに使えるかもしれない。

紫にはここにいるようにとジェスチャーで伝え、尊は罠を仕掛けるべく三階まで階段を下りた。その途中でゆっくりと階段を上ってくる泥だらけの霊とすれ違う。彼はやはり尊には目もくれず、真っすぐに紫を目指して進んでいく。それを見送ってから、尊はビニール紐を取り出した。

階段には左右に一本ずつ、棒タイプの手摺《てす》りがつけられている。ビニール紐を左右の手摺りに巻きつけながら階段を上っていく。ビニール紐は市販されている丸形のもので、あまり使われていなかったお陰で長さはたっぷりあった。

それを四階まで巻きつける。ビニール紐は腰の高さに張られているため、這うようにして下を潜り抜ければ階段を上ることは可能だ。あとはここに小細工をすれば、三階から四階部分の罠の完成である。

四階から屋上にかけては、踊り場部分にさっきのパイプ椅子を置けるだけ設置して――あ、まずい。もう十二時十五分だ。ここまできたのだから、罠をすべて仕掛け終わるまで気付かないでほしい。尊は必死に祈りながら、黙々と作業に勤しんだのだった。


「誘拐犯のアジトが判明しました」

時刻は十一時十分。応接室に入ってきた椿は、厳しい面持ちで面々を見回した。ちょうど銀行員たちが警備員に付き添われ、スーツケースに入った身代金を運び込んだところである。蒼一郎はそれを同じ室内の、暖炉脇で眺めていた。

「本当か！」

驚きと喜びを露わにしたのは、肇である。銀次は呆然としたままソファーに座り、銀行員から渡されたスーツケースを抱えていた。

「はい」

「待て。それは確かなのか？　間違ったでは済まされんぞ」

焦ったような銀次の言葉に、椿は自信を持って頷く。演技ができるかどうか心配だったが、今のところボロは出ていないようだ。

「もちろんです。巡回中の警察官が、廃ビルに出入りする不審者を発見しました。彼は誘拐事件のことは知りませんでしたが、応援を呼ぶべく本部に連絡を入れたそうです。その特徴が、防犯カメラに映っていた誘拐犯の一人と一致しました」

おおっ、と銀行員や警備員たちでさえ歓声をあげた。肇は安心したように、ソファーに座り込む。そんな中、銀次だけが険しい表情を浮かべていた。

「待て、待ってくれ。ビルに、突入するのか？」

「はい。現在、周辺に警官を配置し、突入の準備を整えています」

「娘、そうだ、娘は安全なのか？　万が一、人質にでもされたらどうするんだ」

「もちろん、優先すべきは紫さんです。彼女の救出を最優先に、突入作戦を考えています」

――食いつけよ。

蒼一郎は観察するように、銀次を見詰めた。娘の居場所がわかったというのに、銀次の顔色はすこぶる悪い。いや、まだ娘の身を案じているだけだと言い訳できる範囲か。乾いた唇を舌先で舐め、蒼一郎はただひたすら待つ。

獲物が疑似餌に引っ掛かる、その時を。

「突入予定は十三時ちょうどです。紫さんはそのまま病院にお連れしますので、お二方はそちらで待機してください。なにかあればすぐ連絡が取れるように、警官も同行させます。参りましょう」

「ま、待ってくれ。その前に、トイレだ。トイレに行かせてくれ」

トイレと言いながら、その手にはスマートフォンがしっかりと握られていた。どうやら獲物は無事、疑似餌に食いついてくれたようだ。蒼一郎は内心でせせら笑いながら、応接室を出ていく銀次の背中を見送った。

少しして、いきなり廊下が騒がしくなる。ゴトン、バタン、と応接室にまで響く大きな音がしたかと思うと、銀次のものと思われる怒声が続く。ドアが開いて、銀次を後ろ手に拘束した樋口が満面の笑みを浮かべ入ってきた。彼は椿と蒼一郎を見るなり、片手でVサインを作る。

「予想通りでしたよ。外部に連絡を取ろうとしたところを捕らえました」

「離せ！　私にこんなことをしていいと思っているのか！」

樋口の後ろから入ってきた刑事が、銀次のものと思われるスマートフォンを椿に差し出した。それを受け取り、椿は冷ややかな眼差しで画面を一瞥する。

「電話が繋がる前に捕らえたんだな？」

「もちろんです。いやぁ、我ながらナイスタイミングでしたよ」

「さて。この〝斉藤義則《さいとうよしのり》〟という人物はどなたです？」

スマートフォンの画面を突きつけられ、後ろ手に拘束されている銀次は唸った。それに反応したのは、いまいち現実を把握できずに困惑している肇だった。

「弟に任せている会社の社員だ」

「社員の名前を覚えているのですか？」

「いや、役職に就いている一部の者だけだよ。確か、斉藤君は取締役の一人だったはずだ」

椿の問いに答えた肇は、さすがにおかしいと思ったのだろう。険しい表情を弟に向ける。

「君たちは出て行ってもらおう」と言って、椿は銀行員と警備員らを応接室の外に出した。ドアを閉め、樋口に命じて銀次の拘束を解く。可能性は低いが、蒼一郎は肇の腕を引いて距離を取った。破れかぶれになった銀次に、道連れにされても困る。

出入り口には刑事が立っているため、銀次に逃げ場はないに等しい。

「なぜ、あなたは外部と連絡を取ろうとしたのですか？」

「……なんだね。部下に連絡しようとしただけじゃないか。今日は本当なら仕事があったんだ。それについての相談に決まっているだろう！」

「この状況で？　お嬢さんが命の危険に晒《さら》されているのに、自分は仕事の心配ですか」

「それのなにが悪い。私は会社の社長なんだ。たかが警部補の君とは、立場も責任も違うんだよ！」

「そうですか。誘拐犯が捕まれば、あなたとの関係も白日の下に晒されます。いくらこの場を取《と》り繕《つくろ》ったとしても、言い逃れはできませんよ」

押し黙った銀次は、椿の視線から逃れるように横を向いた。足が内心の苛立ちを表すように落ち着きなく揺れ、顔色は一段と青白い。それでも白《しら》を切ろうとする姿は、見苦しいの一言に尽きた。

「し、知らん。私はなにも知らんぞ。部下が勝手に――」

「うるせぇ」

椿を押しのけ、蒼一郎はテーブル越しに銀次の胸ぐらを摑みあげた。苦しげに喘《あえ》ぐ相手を至近距離で睨みつけ、

「中止命令を出せ。お前が指示してんだろ」

と要求する。涙を溜めながら、銀次は必死に首を横に振った。

「む、むりだ。だいたい私は反対していたんだ。それなのに、斉藤がこの方法しかないと強引に進めて……。私が言ったところで、止まるわけがない。命令したところで紫を人質にして、逃走を図るだけだ！」

「嘘じゃねぇだろうな？」

渾身《こんしん》の力を込めて胸ぐらを締め上げれば、銀次が苦しげな息の下でまた首を縦に振る。本当だろうなと摑んでいた胸ぐらを恫喝《どうかつ》するように揺らすと、さすがに横合いから伸びた椿の腕に制止された。

「落ち着け。貴様が焦ってどうする」

「悪いな。こっちはアルバイトの命が掛かってんだよ」

誘拐犯らが観念して投降すればいいが、人質にでもされたら堪ったものではない。人は自暴自棄になった時、なにをしでかすかわからないのだ。

解放された銀次は咳き込むと、憎々しげな目つきで蒼一郎を睨みあげた。

「こっ、これは暴力行為だ！　訴えてやる！」

「どうぞどうぞ。どこも怪我してるようには見えねぇけどな。まあ、刑務所の中でじっくりと起訴内容でも考えておけよ」

刑務所、と呟いて銀次は体を震わせた。失敗したらどうなるか、少しも考えていなかったのだろうか。いや、この手の人間は成功する未来しか見えていない。自分なら大丈夫だと過信し、失敗してから後悔するのだ。

ガタン、と音がした。怒りのあまりよろけてしまった肇が、顔を真っ赤にして弟を怒鳴りつける。

「なぜだ！　紫はお前の娘だぞ。なぜこんなことを……！」

「金ですよ。おそらくですが、会社の経営に行き詰まって闇金融に手を出したんじゃないですかね。個人ではなく、会社に貸してくれるところもありますから」

闇金は違法なだけあって金利も高ければ、取り立ても厳しい。その分、銀行ではけっして借りられない金額を気前よく貸してくれるが、なにごともなく返済を終えた者の話は滅多に聞かない。

「だが、報告書にはそんなこと……まさか」

「粉飾決算でしょう」

利益があるように見せ掛けているだけで、内情は赤字続きだったに違いない。馬鹿正直に報告すれば、兄からの叱責――いや、社長の椅子から下ろされてしまう恐れがあった。プライドの高い銀次には、それが耐えられなかったのかもしれない。

「調べればわかることですよ」

粉飾決算の事実も、闇金融から金を借りていたことも。もやは銀次は、言い逃れのできない立場に追い込まれている。助けを求めるように辺りを見回した銀次だったが、どうしようもないと思ったのだろう。ソファーに脱力するように座り込んだ。

「ああ、そうそう。浅井川享祐が見つかったぞ」

油断したところに投擲《とうてき》された爆弾は効果抜群だった。顎が落ち、銀次の両目が飛び出さんばかりに見開かれる。唐突な言動に抗議するように口を開いた椿を視線で黙らせ、蒼一郎は銀次に向き直った。

「これで量刑が増えたな」

「違う、私は殺してない！」

「おかしいな。俺は、見つかったとしか言っていないぞ」

しまった、という表情が銀次の顔に浮かんだが、もう遅い。蒼一郎はここぞとばかりに畳み掛けた。

「先日あった土砂崩れの中から、身元不明の遺体が見つかった。それが浅井川享祐だ。否定してもいいが、ＤＮＡ鑑定すれば一発だぞ。つまり浅井川享祐は、少なくとも一週間以上前には死亡している。ここで問題が一つ。昨夜、あんたが見たのはいったいなんだったんだろうな？」

「………………」

「あんたの魂胆は見え見えだ。浅井川享祐に割り振られた父親の遺産が欲しかったんだろう？　遺体を山に遺棄しただけでは駄目だ。行方不明というだけでは、遺産は棚上げになる。だから浅井川享祐を犯罪者に仕立て上げた。被害者が身内であれば、相続権は消滅するからな。もちろん、身代金も返済に当てるつもりだったんだろう。誘拐された被害者の身内と誘拐犯が裏で繋がっていれば、身代金の受け渡しに成功する確率は高い」

たとえ後日、享祐の遺体が見つかったところで、内輪揉めの末に殺されたと警察は解釈するだろう。遺体の状態も腐敗が進んでいれば、死亡推定時期を特定することは困難だ。誰も誘拐事件が起こる前に死んでいただなんて思わない。

　あるいは土砂崩れさえ起こらなければ、計画は完璧だったのかもしれない。遺体が流れ着いたのが、とある少年の自宅で、その友人が片付けの手伝いに訪れなければ。

「銀次……そうなのか？　お前が享祐を……」

「違う！」

　必死の形相で、銀次は首を振った。誘拐事件に関わっていることを問い詰められた時とは違い、その顔には明らかな狼狽《ろうばい》が浮かんでいる。

「確かに、死体を埋めたのは私だ。だが、享祐は死んでいたんだ」

「この期《ご》に及んで、また言い逃れか？」

「違う。違うんだ。自宅に帰ったら、玄関先で享祐が死んでいたんだ。このままでは私が疑われると思って、遺体を埋めるしかなかった！」

　頭を抱え、銀次は啜《すす》り泣《な》く。

「私は享祐が憎かった。無能な癖に父に愛され、遺産も公平に分配される。会社の経営についても叱責を受けることもない。自由気ままに生きるあいつが、羨ましくて堪らなかった。だが、だからといって殺すわけがない」

「死体を遺棄した挙げ句、誘拐犯の濡《ぬ》れ衣《ぎぬ》を着せた奴を信じろと？」

「それは……だ、だが、本当なんだ。享祐は死んでいたんだ」

譫言《うわごと》のように同じ言葉を繰り返す銀次に、蒼一郎は目を細めた。この男の言葉が嘘か本当かなんて、今はどうでもいい。

「そうか、そうか。じゃあ、まずは誠意を見せてもらおうか」

「誠意……？」

「誘拐犯の情報を、洗《あら》い浚《ざら》い吐け」

時刻は十二時ちょうど。突入まで、あと一時間。


尊はスマートフォンを眺め、もう何度目かわからない溜息をついた。

十二時四十分。

ヘリが到着するまで、あと二十分。どうか突入部隊が屋上に降り立つまで、紫がいなくなっていることに気付かないでほしい——その願いが崩れたのは、スマートフォンの画面に表示された数字が五十になった時だった。

あと十分。たった十分経てば助けが来るというのに、無情にも紫が逃げたことを知らせる誘拐犯の声が廊下に響いた。それを三階の階段部分で聞いていた尊は体を強張らせた。

気付かれた。気付かれてしまった。

まだプロペラ音は聞こえない。自分の持てる知識を総動員して準備した罠が、果たしてどこまで有効か。せめて十分はもってくれよ、と祈りながら尊は足下に置いていた食用油の蓋を開け、中身を階段にばらまいた。

「上に逃げたんじゃないか？」という誘拐犯の声に、尊は覚悟を決める。そして、階段を上ってきた男たちに対し、声を張り上げた。

「動くな！　近付いたら、火をつけるぞ！」

階段を上ってきた男たちは、三人。二人はまだ若く、もう一人は白髪が目立ちはじめたくらいの体格のいい男だった。

尊を見て険しい表情を浮かべたものの、すぐに足下に転がる油の容器と、見せつけるように掲げたライターに気付き、顔を真っ青にする。もちろんガスが入っていないので火はつかないが、誘拐犯たちにそんなことがわかるはずもない。

できれば五分は稼ぎたいけど、むりかな、むりっぽいな、と思っていると、微かにではあるが尊の耳に飛行機とは違うプロペラ音が聞こえてきた。突入部隊を乗せたヘリだ。男たちもじょじょに近付いてくる聞き慣れぬ音に気付いたのだろう。訝しげに顔を見交わしたあと、はっとした表情で尊を見上げる。どうやら外部と連絡を取ったことに気付かれてしまったらしい。

諦めて逃げてくれればいいんだけど、と内心で祈るが、男たちは尊を捕らえる方を選んだようだ。人質を取って立て籠もったところで逃げ切れるとは思えないが、わずかなチャンスに掛けることにしたらしい。

「はったりだ！　捕まえるぞ！」

若い男二人が階段を駆け上がってくる。これ以上はむりだ。尊は二人に向かって空のライターを投げつけ、四階に向かった。

三階から四階の間には、腰の高さ辺りにビニール紐が張ってある。尊は四つん這いになってそれをくぐり抜け、いち早く四階に辿り着いた。男たちも尊と同じように手をついて、ビニール紐を潜りながら階段を上ってくる。

――今だ。

尊は準備しておいた画鋲を、勢いよく階段にばらまいた。手をついて進んできた男たちは堪ったものではない。ビニール紐で頭上を制限されているため、階段に手や膝をつかなければ前に進めないのだ。

しかし、そこには大量の画鋲。

尊の予想通り、男たちはぴたりと動きを止めた。しかし、すぐに階段に散らばる画鋲を手で払《はら》い除《の》け、ゆっくりとではあるが一段ずつ歩みを進めている。それでも時折、画鋲が手や足に刺さるのか、呻き声が響いた。

「次、次」

男たちが画鋲とビニール紐に時間を取られている間に、尊は屋上に向かう。四階と屋上の間にある折り返しの踊り場部分には、パイプ椅子が所狭しと並んでいた。開けておいた一人分の道を通り、そこを別のパイプ椅子で塞ぐ。あとは水で薄めた食器用洗剤をパイプ椅子に満遍なく振りかけておく。

プロペラ音は先ほどよりも近くなったが、まだ距離がありそうだ。時間を確認すれば、あと五分もある。

怒声が響き、尊は思わず飛び上がった。画鋲とビニール紐の地味な罠は、男たちの怒りを煽ってしまったらしい。そこに来て、行く手を阻む大量のパイプ椅子である。怒りに任せてパイプ椅子を投げ落とし、尊がせっせと築いたバリケードはあっという間に取り払われてしまった。

——大丈夫。予定通りだ。

尊は階段に置いていた塩胡椒の瓶を手に取ると、蓋を開け男たちめがけて腕を振った。階段の高い位置に立っているため、塩胡椒は実にいい具合に男たちに降り注ぐ。目にゴミが入ったら、人は無意識にどうするか。

答えは〝手で目を擦る〟である。

しかし、彼らの手はパイプ椅子を撤去する際に、食器用洗剤まみれになっている。そんな手で目を擦ればどうなるか。シャンプーでさえ目に入ったら痛いのだ。薄められているとはいえ、かなりの痛みが彼らを襲うだろう。

「くそっ……なんだ、これ！　目がっ！」

「痛え、痛えよ！」

よしこれでだいぶ時間を稼げるはずだ。尊は塩胡椒の瓶を放り投げて、壁にもたれかかっている紫を抱え上げた。

「紫さん、もう少しだから頑張って！」

屋上のドアを開け、眩しさに思わず目を細める。空が近い。ヘリは思っていたよりも近く、すでに開けられた乗降口からは防弾チョッキを着た警官の姿も見えた。

よかった。これで自分も紫も助かる。

一歩、踏み出そうとした時、抱えていた紫の体が後ろに引っ張られる。はっとして振り向けば、そこには目を血走らせた壮年の男が紫の左腕を掴んでいた。どうやら二人から遅れて追い掛けてきたこの男は、食器用洗剤の罠には引っ掛からなかったらしい。

「離せ！」

靴下のせいか、いまいち踏ん張りが効かない。紫も必死に抵抗しているが、男の力には敵わないようだ。

すでにヘリは屋上に接近し、警官らが飛び降りようと構えている。

あと少しなのに。

なにか。

一瞬でもいい。なにか、男を怯《ひる》ませることができたら。

尊の視界に映ったのは、泥だらけの霊だった。

――もしも、彼に触れたら？

いや、危険だ。尊は脳裏に浮かんだ考えを否定した。彼の矛先が誰に向くかわからない状況で、リスクの高い賭《か》けに出ることはできない。しかし、それ以外に案が浮かばないのも事実で。このままでは、せっかくここまで来たのに紫を奪われてしまう。

男の手が尊を引き剝がしに掛かる。

頭を壁に打ちつけられ、瞼に火花が散った。

布を引き裂くような、紫の悲鳴。

尊は手を伸ばした。

「お願いだから……。紫さんを大切に思うなら」

助けて。

手に、泥の感触。

――ああ、こんな冷たい土の中に、あなたはいたのか。

腐った泥の臭いが、鼻腔を刺激する。

ずる、ずる、ずる、ずる、と足を引き摺るような重い音が階段に響く。

泥が床に落ちて、飛び散った。

「ひっ、化け物！」

男の悲鳴が上がった。

その手が、紫から外れた瞬間を尊は見逃さなかった。肩を摑んで、一気に引き寄せる。

実体化した泥だらけの霊は、紫には一瞥もくれなかった。虚ろな眼差しを男に向け、大きく口を開くと腐りかかった顎が重さに耐えきれず、落下した。

だらりと垂れ下がる舌。

ごぷっ、ごぽっ、と喉の奥から泥が溢れる。

それが、恐怖のあまり腰が抜け座り込んでしまった男の顔に降り注ぐ。

「ユ、ガリ、ヲ、イイイジメ、ルルル、ナァ」

足が、腕が。

身動《みじろ》ぎする度に、体が崩れていく。

霊体なら問題はなかった。

しかし、実体化したことにより腐敗した部分が重みに耐えられなかった。

それでも体を張って、兄は妹を守ろうとする。

「…………お兄ちゃん？」

紫の声に、動きが止まった。

振り返ろうとして、首が嫌な方向に折れる。

虚ろな眼差しが、確かに紫の姿を捉えた——と思った瞬間、泥だらけの霊は跡形もなく消えた。

残ったのは、泥の臭いだけ。

「無事か、少年！」

半開きになっていたドアを蹴り飛ばす勢いで登場したのは、椿である。「なんだこの臭いは？」と言って首を捻るが、そこからは迅速だった。座りこんでいた壮年の男に手錠を掛けると、ようやく目が開けられるようになった男二人を次々に無力化していく。

尊が階段に設置した罠は、逃げようとする男たちにも有効だったらしい。ビニール紐と床に散らばったままの画鋲に阻まれ、あえなく御用となった。

上空を旋回するヘリコプターを見上げ、蒼一郎は降りたばかりのパトカーのドアを閉めた。今頃、椿たち突入部隊が誘拐犯らを蹴散らしている頃だろう。地上組もそれに合わせて裏口から突入し、いつもならば静まり返っているだろう現場は異様なほどの喧噪に包まれていた。

裏口を見張っていたと思われる男が、刑事たちに手錠を掛けられ連行されていく。「俺は脅されたんだ！」と必死に叫んでいるが、誘拐の共犯として実刑判決は免れないだろう。自業自得だ。同情の余地さえない。

それを横目で眺め、蒼一郎はパトカー無線に耳を澄ませた。どうやら他三人の身柄も確保したらしい。

「どれ、行くか」

刑事たちの意識は誘拐犯とその人質に向けられていた。そのせいもあって、人質の身内として現場に同行した蒼一郎に気が回らない。人々の波を擦り抜けるようにして、蒼一郎は誰にも咎められることなくビルに足を踏み入れる。

――ああ、耳鳴りが酷い。

外の喧噪が遠ざかり、代わりに金属音のような耳鳴りが強まる。

霊の声が聞こえる。人に聞かれれば、蒼一郎はそう答えていた。しかし、必ずはっきりとした声が聞こえるわけではない。言葉にならない呻き声、悲鳴、動物の霊の場合はその鳴き声――そして、目眩を起こしそうなほどの耳鳴り。

客間に飾ってある花器はもうそれほどでもないが、霊がいる場所では必ずといっていいほど強い耳鳴りを覚える。尊が泥だらけの霊を連れてきた時も、声こそ聞こえなかったが同じように耳鳴りを感じた。

薄暗い廊下を進み、階段を探す。尊たちはまだ屋上だろう。ビルに突入した刑事らの声や足音が響き渡っている。階段はすぐ見つかった。手摺りを摑んだ蒼一郎は、ふと鼓膜を震わせるように響く音に気付き、頭上を見た。

『……カリ、ユ、カリ』

声と呼ぶには弱々しい言《こと》の葉《は》が、花びらのようにひらりひらり舞い落ちる。名を呼び続けるのは、未だにその身を案じているからなのか、それとも彼女の姿を探しているからなのか。

「……力を使ったみたいだな」

どういう状況かは不明だが、どうやら尊は泥だらけの霊──浅井川享祐の霊に触れてしまったらしい。微かに漂う泥の臭いは、その名残だろう。誰かに見られて面倒なことになってなきゃいいが、と蒼一郎は独《ひと》り言《ご》ちて歩みを早める。

──あのあと、浅井川銀次はすべてを自供した。

蒼一郎の読み通り、返済に首が回らなくなってしまった銀次は今回の狂言誘拐を思いついた。むろん彼一人ではなにもできなかっただろう。取締役の斉藤に話を持ちかけると、具体的な作戦案を立ててくれたのだそうだ。狂言誘拐に必要な人員はその闇金融業者から借り、その男たちを監視するために斉藤自身も誘拐の実行犯に加わった。

誘拐犯たちの警戒心が薄く感じられたのも、銀次を通して警察の動きが筒抜けだったからのようだ。

ただ銀次は、浅井川享祐の殺害については否定した。享祐の遺体を発見したのは、まさに狂言誘拐の計画を進めていた最中だったらしい。警察に通報すれば第一発見者である自分が疑われる。なにより、計画を実行できるわけがない。

そこで悪魔が囁いた。

享祐の遺体を隠し誘拐犯に仕立て上げることができれば、身代金だけでなく彼が相続する見込みの遺産を自分のものにできるかもしれない、と。闇金融からの催促に頭を悩ませていた銀次には、まさにそれが天啓のように思えたそうだ。

しかし、享祐の遺体は意に反して、遺棄から数日も経たぬうちに発見された。土砂崩れに巻き込まれたのではないかと報道されていたため、銀次はまさかそれが享祐のものだとは思わなかったらしい。気付いていれば、誘拐犯の中に息子がいたとは証言しなかっただろう。

溜息をついて、蒼一郎は足を止めた。三階から四階に向かう階段に、進路を妨害するようにビニール紐が張られている。床には画鋲も落ちていて、ここを通るのは一苦労だろう。さっきの床に撒かれた油といい、尊はずいぶんと派手にやらかしてくれたようだ。

さてどうやって上に行こうかと思案していると、下から足音が響いた。やべぇ、やべぇと呟きながら、蒼一郎は近くの部屋に滑り込む。ドアを開けたままにしていると、鋏《はさみ》でビニール紐を切るような音が聞こえた。

すっかり片付けられてから、蒼一郎は「ご苦労さん」と呟いて部屋からひょっこりと姿を現す。刑事たちは各階の確認に忙しく、屋上へと続く階段は驚くほどに手薄である。この調子なら見咎められた際に考えていた言い訳は必要なさそうだ。

「なんで胡椒臭ぇんだ？」

鼻をツンと刺激する臭いに眉を寄せ、蒼一郎は袂で顔の下半分を覆った。バリケードに使われたと思われるパイプ椅子を乗り越えれば、屋上は目と鼻の先である。未だに耳について離れない音は、それでもゆっくりと階段の下に沈殿するように遠ざかっていく。

「階段なんて、久し振りに上ったな……」

地味に疲れた、と漏らしてドアノブを回す。眩しい太陽の光に目を細め、そして、未練がましく響く音を遮断するように、勢いよくドアを閉めた。

誘拐犯たちが全員捕まり安全が確保されるまでの間、尊と紫は屋上に待機するように命じられていた。

ヘリが帰って行ったので、辺りには静寂が戻っていた。

「あっという間に決着がついたなぁ……」

屋上のフェンスに寄り掛かって、溜息をつく。屋上に向かっている時は、一分一秒が途方もない長さに感じられたのに。

　空は雲一つなく、風は強いものの日差しは柔らかだ。つい先ほどまでの鬼気迫る遣り取りが嘘のようである。助かったのだから素直に喜べばいい。だが、泥だらけの霊——浅井川享祐のことがシコリのように胸にわだかまっていた。

「なに惚《ほう》けてるんだ」

　はっとして顔を上げれば、着物姿の蒼一郎が立っていた。相変わらず面倒臭そうな顔をして、尊の前で立ち止まる。その視線が、尊の爪先から頭のてっぺんまでをぐるりと撫でた。

「怪我は？」

「頭をぶつけたけど、大丈夫です。それより、由良さんはどうしてここに……」

「菖蒲の目を盗んで、様子を見に来てやったんだよ。さすがにここまで階段を上るのは億劫だな。下で待ってりゃよかった」

「あの、ありがとうございました」

　尊は頭を下げた。蒼一郎が冷静に対応してくれたお陰で、あれ以上、パニックにならずに済んだのだ。すると頭上から、疲れたような溜息が聞こえる。

「これに懲りて、もう面倒事に首を突っ込むんじゃねぇぞ」

「うっ、肝に銘じます」

尊だって、こんなことはもう二度とご免だ。今回はたまたま大した怪我もなく助かったが、誘拐犯らに捕らえられ人質にされていた、もしくは口封じのために殺されていた可能性だってあったのだ。こんなふうに蒼一郎と会話していられなかったかもしれない。

「まあ、よくやった」

そっけない、でも、暖かみのある言葉に、尊の頬も自然と緩む。このあとも警察から事情を聞かれるだろうし、おそらく両親にも連絡がいくだろう。すべてが終わったと肩の荷を下ろせるのはまだ先だが、少しくらい力を抜いたって罰は当たらないはずだ。

「——貴様がなぜここにいる！」

唐突に屋上に怒声が響く。眉間にこれでもかと皺を寄せた椿が、蒼一郎を射殺せんばかりの形相で睨みつけていた。一番厄介な相手に見つかってしまった。首を竦める尊に対し、蒼一郎は相変わらず飄々としている。

「部外者の立ち入りは禁止だ！」

「うるせぇな。犯人はもう全員、捕まえたんだろ」

「そういう問題ではない！」

「はいはい。降りればいいんだろ、降りれば」

「少しは反省の色を見せたらどうだ！」

食って掛かる椿を、蒼一郎は慣れた様子であしらっている。そういえば、どうして蒼一郎は椿と一緒にいたのだろうか。そんな疑問が脳裏を過った時、ふと尊はさっきまですぐ隣に座っていた紫の姿が見当たらないことに気付いた。

「紫さん？」

風が当たらない場所に移動したのかと思って、周囲を見回す。しかし、屋上には蒼一郎と椿、それに刑事が二人いるだけで紫の姿は見当たらない。立ち上がって、もっとよく辺りを確認した。

尊は自分の目を疑った。

紫はすぐに見つかった。

だが、場所が問題である。

彼女のか細い体は、破れかけたフェンスの向こう側にあったのだ。

「紫さん！」

尊のただならぬ声に、椿と蒼一郎の言い争う声が止んだ。こちらをゆっくりと振り向いた紫は、泥だらけの霊を思わせる虚ろな眼差しをしていた。強風が吹いたら、その華奢《きゃしゃ》な体はなんの抵抗もなく空に投げ出されてしまうだろう。

「なにをするつもりだ」

椿は固い声で話しかけた。ほんの些細《ささい》な刺激で飛び降りてしまうのではないかという危うさが紫にはあった。未だに彼女の頬は赤く、高熱が続いていることが見て取れる。正常な判断ができていないのかもしれない。

「……お兄ちゃんが迎えに来たんです。私も行かなくちゃ」

「なにを言っているんだ。君の兄は――」

椿の声が不自然に途切れた。蒼一郎と一緒にいたのなら、彼女も浅井川享祐の死を知っているはずだ。この場でそれを知らないのは、紫ただ一人。しかし、彼女の言動は兄の死を知っているようにも取れた。

「私、謝らなきゃいけないの。許してもらえないかもしれないけど、お兄ちゃんに会って謝らなきゃ……だって、私、私が……」

お兄ちゃんを殺してしまったんだから、と紫は熱に魘《うな》されるように呟いた。

尊は自分の耳を疑った。

享祐を殺害したのが、紫だなんて。信じられない。彼女が兄のことを語る時はとても楽しげで、大切なのだということが伝わってきたのに。

「君はどうしてお兄さんを殺害したんだ？」

言葉を選ぶようにして、椿は語りかけた。紫は俯き加減に、「外国に……」と呟いた。

「外国に行くって言われたの。お祖父さんやお父さんに干渉されないためには、日本を出るしかないって。私も一緒に行くって言ったのに、お兄ちゃんは足手纏いはごめんだって……。酷いって思った。お兄ちゃんは私を見捨てて、自分だけ自由になるんだって。どうしても許せなかった……」

紫の頰を、幾筋もの涙が伝った。彼女が自分の行いを後悔していることが手に取るようにわかる。

「気付いたら、出て行こうとするお兄ちゃんを包丁で刺してた。血がたくさん出て、怖かった。でも、もうこれで私はお兄ちゃんに置いて行かれることはないって、安心したの――」

「君の父親が遺体を遺棄したことは知っていたのか？」

椿の問いに、紫は弱々しげに頷いた。

「死体がなかったから。たぶんお父さんがなにかしたんだろうなって。でも、私はどうでもよかった。誘拐された時も、殺されたって構わなかった。どうでも、よかったの」

よく晴れた空の下、彼女は泣きながら笑う。

尊が実体化させた、泥だらけの霊。

たぶんあれが引き金だったのだ。

紫は申し訳なさそうに尊を見て、「ごめんなさい。せっかくあんなに頑張って助けてくれたのに」と言った。

「待って！」

とっさに尊は叫んだ。今にも飛び降りてしまいそうな紫には、どんな言葉も無意味かもしれない。でも、言わずにはいられなかった。

「お兄さんは、怒ってなんかないよ」

「……嘘。自分を殺した相手を、恨まずにいられるわけがないもの」

「違う。だって怒ってたら、紫さんを助けるわけない」

あの時、確かに泥だらけの霊は叫んだ。

〝紫をイジメるな〟と。

恨んでいたら、真っ先に紫を攻撃したはずだ。けれど泥だらけの霊が取った行動は、体を張って妹を守ること。

「だったらどうして、私を見捨てたの！　一緒に連れて行ってくれなかったのよ！」

「――それは、お前のためだったんだよ」

振り返ると、肩で息をしている初老の男性が立っていた。蒼一郎が小声で「浅井川紫の伯父だ」と教えてくれる。飛び降りようとしている姪に気付いて、慌てて階段を上ってきたようだ。

「享祐に頼まれていたんだ。妹を私の養女にしてもらいたい、と。もちろん銀次は反対するだろう。そのための条件として、享祐は遺産の放棄を提案してきた。養女の件を銀次が承諾してくれるなら、遺産を放棄してもいい、と」

「どうして……」

「誰も頼ることのできない土地での暮らしに、お前が耐えられないと思ったそうだ。自分のために妹に苦労を強いるわけにはいかない、と。だが、銀次の元にお前を一人残していくのも憚られた」

「だったら、なぜそれを言ってくれなかったの！」

「享祐は君に幸せになってもらいたかったんだよ。自分のことなど、忘れて」

もしかしたら、そのためにあえて紫を突き放したのかもしれない。彼女を酷い言葉で傷つけて、未練を断ち切らせるために。

「享祐は言っていた。君がいてくれたから、どんな辛い仕打ちにも耐えられた。生きることを諦めずにいられた、と」

「そんな……私だって、お兄ちゃんがいてくれたから……」

すべて包み隠さずに話していれば、不幸な結末を迎えずに済んだのかもしれない。それは今だから言える、結果論かもしれないけれど。

気付かれないようにフェンスの外側に回り、じわりじわりと近付いていた椿が紫の腕を摑んだ。そのまま抱え込むように拘束するが、茫然としたまま紫は動かない。彼女にとって伯父の言葉は、救いであり、とどめの一撃でもあった。

裏切られたわけでも、捨てられたわけでもなかった。

真実は妹の幸せだけを祈った、兄の優しさが生んだ悲劇だったのだ。

紫は伯父に付き添われ、屋上を出て行った。その背をなにも言えずに見送っていると、蒼一郎が呟く。

「馬鹿だな。そんなに大切だったなら、連れ去っちまえばよかったんだよ」

浅井川享祐が紫に対して抱いていた感情が、家族愛なのか、それとも恋愛感情なのかはわからない。けれど、死してなお彼女を捜し求めるくらいなら、紫を連れもっと早くに浅井川家を出てしまえばよかったのだ。

大切にし過ぎた結果がこれだというのなら、なんと皮肉なことか。

「まあ、俺も人のことは言えねぇんだけどな」

「え？」

ぽつりと漏らされた言葉に、尊は蒼一郎を見上げる。その視線に気付いた蒼一郎は、どこか寂しげな笑みを浮かべ「おっさんの独り言だ」と呟いた。それから思い出したように付け加える。

「救いになるかはわからんが、浅井川享祐の死因は窒息死だった」

「え、でも……」

「刺し傷は致命傷じゃなかった。意識を失っている浅井川享祐を発見した銀次は、死んでると早とちりしたんだろうな。息があったにもかかわらず、山に埋めちまったのさ」

「じゃあ、救急車を呼んでいれば、享祐さんは……」

「さあな。助かったかもしれないし、やっぱり助からなかったかもしれない。終わっちまったことは、どれだけ後悔してもどうしようもねぇんだよ」

妙に実感の籠もった言葉だった。どこか遠くを見るような眼差しが、先ほどの紫の姿に重なる。

「由良さんも、そんな風に後悔したことがあるんですか？」

「さてな」と、はぐらかすように笑った蒼一郎は、無意識なのか首に巻かれた包帯をひと撫でした。「降りるぞ」と言われ、尊は慌てて彼を追う。ようやく長い一日が終わりそうだった。

誰もいない由良家に一人、尊は落ちそうになる瞼を押し開け、漏れそうになる欠伸を噛み締めていた。

夏休みを間近に控えた休日。呼び出されたので、相談依頼があったのかと赴けば、尊に言い渡されたのはお留守番である。なんでも学校から、珠子に予防接種を受けさせるよう手紙が送られてきたらしい。その期間が迫っているというのだ。

「昔は学校の体育館で、一斉に受けさせられたのにな。今は医療機関じゃねぇと駄目なんだってよ」と、蒼一郎は面倒臭そうに呟いていた。そういえば尊も、予防接種の度に母親に連れられ、近所の医院を受診していた気がする。

注射と聞いて、珠子はやはり憂鬱そうな眼差しを尊に向けていた。それでも駄々を捏《こ》ねることなく、蒼一郎に連れられて行った。

「っていうか、お客さんなんて来るわけないのに」

和室のテーブルにだらしなく寄り掛かりながら、尊は溜息まじりに呟く。ゆら心霊相談所でアルバイトをはじめてもう一ヶ月以上経ったが、一度として相談者がやってくることはなかった。こんなんで生計を立てられるのだろうかと、雇われている身としては心配になってしまう。

「早く帰って来ないかなぁ……」

人様の家に一人というのも、なんとなく落ち着かない。一応、勤務中ではあるのでスマートフォンのゲームで時間を潰す気にもなれなかった。しかたなく、いつもは見ない検索サイトのニュース欄を斜め読みする。

「さすがに、もう扱ってないか」

尊が巻き込まれた誘拐事件は、大手企業に関わるスキャンダルということで報道でも大きく取り上げられた。紫は被害者であり加害者という、奇妙な立場に置かれているが、殺人罪ではなく傷害罪での立件が予定されているらしい。浅井川享祐の殺害、死体遺棄の罪で起訴されたのは、養父である浅井川銀次である。そのことが紫の救いになるかどうかはわからない。ただ、ほんの少しでもいい。紫にのし掛かる罪悪感が、わずかでも軽減されることを祈らずにはいられなかった。当人は紫を恨んでなどいないのだから。

　誘拐事件に関わった尊の存在は、世間的には伏せられることになった。両親からは危ないことをするなとこってり絞られて、事件は終わりを見たのである。

　あれから泥だらけの霊は、尊の前に姿を見せない。この力は霊を成仏、もしくは消滅させるようなものではないので、数日も経てば彼は再び元の姿を取り戻しただろう。そして、きっと今も妹の傍にいるに違いない。虚ろな眼差しで、それでも妹の幸せを心から祈りながら。まるで彼女を守る騎士のように――。


「眠いー……」

　何度目かの欠伸を嚙み締めていると、不意に玄関のチャイムが鳴り響いた。

　え、本当にお客さんが、と尊は慌てる。まったく予想していなかったので、慌てて立ち上がり玄関に急ぐ。

「はーい。今、出まーす」

　玄関の戸を開けて、尊は固まった。

　なぜか目の前に、古風な日本家屋にはそぐわない、大きなギターケースを背負ったビジュアル系ミュージシャンのような格好の成人男性が立っていたのだ。

　夕陽のように真っ赤な髪は襟足だけが長く伸ばされ、濃い化粧が施された顔には、瞼、鼻、唇にそれぞれピアスが嵌められていた。左右の耳にも凝ったデザインのシルバーリングが輝いている。黒いレザーのパンツと、ムンクの叫びに似たデザインのTシャツがその派手な外見によく似合っていた。

「え、あの、どちら様です、か？」

相談者にしては格好が……いや、ビジュアル系の人が霊関係の相談に訪れてはいけないということはないが。尊が目を白黒させていると、男は不機嫌そうに眉を寄せた。

「お前が新しく雇われたっていうバイト？」

「は、はい」

「由良のおっさんは？」

「今、留守にしてます」

チッ、と舌打ちが聞こえる。男が取り出したのは、片手に載るくらいの茶色い紙袋だった。

「これ、渡しといて」

「ええと……」

「水流《つる》からだと言えばわかる。代金はいつもの口座でよろしく」

それだけ告げると、水流は背中を向けてあっという間に歩き去ってしまった。蒼一郎とどういう関係なのか、訊ねる暇もなかったほどである。突然のことにいまいち頭が追いついてくれない。とりあえず、これを蒼一郎に渡せばいいんだよな、と尊は思わず受け取ってしまった紙袋を見下ろした。

「……なんだろ？」

封もしてないので、ちょっとくらい見ても罰は当たらないだろう。興味本位で紙袋の口を開けた尊は、思わず首を傾げた。

「包帯？」

どうして近所の薬局でも売っている普通の包帯を、水流がわざわざ届けに来てくれたのか。しかも、代金は口座に振り込んどけだなんて。包帯は全部で四つあったが、合計しても千円にすらならない。自分で買いに行った方が簡単だ。

「普通の包帯だよな？」

試しに一つ手に取ってみる。伸縮性の少ない、少し厚手の包帯だ。そう、ちょうど由良がいつも首に巻いているような――。

「あ」

和室に戻りながら紙袋に戻そうとした際に、尊はうっかり包帯を床に落としてしまった。転がっていくそれを慌てて追い掛け、途中でぎくりと足を止める。落ちた衝撃で解けてしまった包帯の裏側には、細かい文字がびっしりと書かれてあった。

「なんだ、これ……」

漢字の羅列は、お経のようにも見える。達筆だが、難しすぎてなにが書いてあるかわからない。なぜ、蒼一郎はこんなものをあの男性に頼んでいたのだろう。彼の口振りから察するに、今回がはじめてではないような印象を受ける。

不意に、車のエンジン音が響いた。蒼一郎たちが帰ってきたらしい。尊は慌てて転がった包帯を巻き直して、紙袋に戻す。見てはいけないものを見てしまった気がして、言いようのない後ろめたさが込み上げてきた。

「――おい。帰ったぞ」

玄関の戸を開ける音と共に、蒼一郎の声が響く。

「お帰りなさい」

できるだけいつも通りの声で尊は応えた。紙袋を持ったまま迎えに出ると、蒼一郎は眠ってしまった珠子を意気揚々と抱え下駄を脱いでいるところだった。尊の手にある物に気付き、「誰か来たのか?」と小声で訊ねてくる。

「さっき派手な男の人が来て、これを由良さんにって。代金はいつもの口座に振り込んどけって言ってましたよ」と、尊も小声で答える。

「なんだ、糞ガキが来たのか。あいつもいつも来る前に連絡しろって言ってんのに」

「もしかして、あの人が前に言っていた〝祓い屋〟さんですか?」

「ああ。外見はあんなんだが、腕は確かだぞ。性格は糞生意気だけどな。珠子を寝かせてくるから、それは台所のテーブルに置いとけ」

「じゃあ、布団を――」

「珠子がいつでも昼寝できるように、この頃は敷きっぱなしにしてある」

「ええー、片付けましょうよ」

「万年床《まんねんどこ》でも問題はねぇだろ」

「〝まんねんどこ〟って、どういう意味ですか？」

「そんなことも知らねぇのか。一年中、布団を敷きっぱなしにしていることだ」

「偉そうに言うようなことじゃないですよね？」

　通常運転の蒼一郎に、尊は肩を落としつつも心の底で安堵した。よかった。中を見てしまったことを気付かれずにすんだ。

「それより、あんまり話しかけんな。珠子が起きたらどうする」

　泣く子も黙りそうな形相で睨みつけられ、尊は慌てて珠子の様子を窺った。よほど緊張したのか、蒼一郎の首にしがみつきぐっすりと寝入っている。自分の腕の中で、珠子が安心しきったように眠っているため、蒼一郎は見るからに嬉しそうだ。ぎこちない手つきではあるものの、娘の小さな体をしっかりと抱き締め――強く抱き締め過ぎだとも思うが――得意げにこちらを見てくる。

　別に抱っこくらい、いつもしているので羨ましくもなんともないが、それを言ってしまえば蒼一郎の機嫌は下降してしまうだろう。ここは大人になったつもりで、蒼一郎のドヤ顔をスルーしようではないか。

「じゃあ、早く珠子を寝かせてきてください」

「……わかってる」

頷きつつも、蒼一郎は一向に動く気配がない。その視線は、腕の中の珠子に注がれていて——。

「はあ……。お客さんが来たら声をかけますから、珠子に添い寝してあげたらどうですか？」

せっかく腕の中で眠ってくれているのに離すのが惜しい、と言わんばかりの表情に、尊は呆れまじりにそう提案した。

「よろしく頼む。バイト代は弾もう」

「はいはい」

珠子を起こさないように、しかし、できるだけ早足で蒼一郎は部屋へと向かって行った。相変わらずだな、と苦笑した尊の脳裏を、先ほどの包帯が過る。

あの包帯の下には、なにが隠されているのだろう。訊きたいけれど、果たしてそれは訊ねてもいいことなのかどうか、判断に迷う。それになにより、蒼一郎に訊いても答えてはくれないだろうという仄かな予感があった。

「なんだかなぁ……」

溜息が漏れてしまう。アルバイトをはじめたばかりだけれど、自分は雇い主である由良蒼一郎について、なにも知らないのだということに改めて気付かされた。なによりも、なぜ弁護士を辞めて、心霊相談所などという胡散臭い仕事をはじめたのか。これから彼とかかわっていく間に、少しはわかるだろうか。

せめてわずかでも、どんな形であっても、彼と珠子の助けになれたなら——尊はそう思わずにはいられなかった。

本書は書き下ろし作品です

中公文庫

ゆら心霊相談所《しんれいそうだんじょ》
——消《き》えた恩師《おんし》とさまよう影《かげ》

2016年8月25日　初版発行
2017年5月15日　再版発行

著　者　九《く》条《じょう》菜《な》月《つき》

発行者　大橋 善光

発行所　中央公論新社
〒100-8152　東京都千代田区大手町1-7-1
電話　販売 03-5299-1730　編集 03-5299-1890
URL http://www.chuko.co.jp/

DTP　ハンズ・ミケ
印　刷　三晃印刷
製　本　小泉製本

Published by CHUOKORON-SHINSHA, INC.
Printed in Japan　ISBN978-4-12-206280-1 C1193

中公文庫既刊より

く-23-1
ヴェアヴォルフ オルデンベルク探偵事務所録 九条菜月
20世紀初頭ベルリン。探偵ジークは長い任務から帰還した途端、人狼の少年エルの世話と新たな依頼を押し付けられる。そこに見え隠れする影とは……。
205829-3

く-23-3
ゆら心霊相談所2 キャンプ合宿と血染めの手形 九条菜月
キャンプ合宿へやってきた尊。朝起きると、足に真っ赤な手形が！「聴こえちゃう」オヤジと「視えちゃう」男子校生のほんわかホラーミステリー第2弾。
206339-6

か-68-1
デルフィニア戦記 第Ⅰ部 放浪の戦士1 茅田砂胡
やがて『獅子王』と呼ばれる漂泊の戦士と『姫将軍』と呼ばれることとなる異世界の少女。アベルドルン大陸を震撼させる二人の冒険譚が、はじまる。
204147-9

か-68-22
スカーレット・ウィザード1 茅田砂胡
海賊王の異名を持つケリーに巨大財閥の総帥ジャスミンから仕事の依頼が。だが、出されたものは『婚姻届』だった――？　かなり異色な恋愛小説が文庫で登場！
205956-6

き-40-1
化学探偵Mr.キュリー 喜多喜久
周期表の暗号、ホメオパシー、クロロホルム――大学で起こる謎を不遇の天才化学者が解き明かす!!　至極の化学ミステリが書き下ろしで登場！
205819-4

き-40-2
化学探偵Mr.キュリー2 喜多喜久
過酸化水素水、青酸カリウム、テルミット反応――今日もMr.キュリーこと沖野春彦准教授を頼る事件が盛りだくさん。大人気シリーズ第二弾が書き下ろしで登場！
205990-0

き-40-4
化学探偵Mr.キュリー3 喜多喜久
呪いの藁人形、不審なガスマスク男、魅惑の《毒》鍋――学内で起こる事件をMr.キュリーが解き明かすが、今回、彼の因縁のライバルが登場して⁉
206123-1

各書目の下段の数字はISBNコードです。978－4－12が省略してあります。